カレル・チャペック短編集Ⅱ

赤ちゃん盗難事件

KAREL ČAPEK Menší Prózy

カレル・チャペック
田才益夫 訳

青土社

赤ちゃん盗難事件

カレル・チャペック短編集Ⅱ

目次

赤ちゃん盗難事件

カレル・チャペック短編集Ⅱ

死の晩餐

晩餐のテーブルには私たち九人がついていた。その晩餐はアマ＝ハハベ王子が急性の激烈な退屈の発作のなかで即興的に思いついたものだった。その発作こそが黒い霊感として王子をそそのかしたのだ。重い気分に襲われている王子は、たとえそれが、王子の心を楽しませる手段には程遠いものであったとしても、自分の憂鬱な気分を晴らすのに、全力をあげようと決心したのである。そんなわけで、わたしたち九人が、この陰気くさい晩餐のお相手をすることになった。ギャンブル・クラブの総支配人ゴール、ギャンブルの客ギニャール、冒険家チェペル、近くの安酒場で拾われた飲兵衛ベルンハルド・ハドラ、それにテーブルの下に隠れていたヴァーメシュ、客の一人ラルフ男爵、および、私たちである。

深夜になる前に、ギャンブルの総支配人ゴールは周囲に当たり散らし、ギニャールは歌をうたい、ハドラは独り言を語り、ヴァーメシュは不機嫌に黙りこくり、ラルフ男爵とチェペルは対になり、互いに相手をののしり合っていた。心慰まぬ一座の主《あるじ》は絶望的に、にごった目をして天井を見つめていたが、心の中ではひそかに、自分の憂鬱な気分を癒してくれる対象がこんなにたくさん手に入ったことを喜んでいた。

「人生のすべての快楽は死、不満、辛苦のあがきだ。処女は愛を夢見るが、あげく、得るものは処女の喪失のみ。また、心は幸せを夢見るが、得られるものは快楽のみ。ああ、幸福か。幸福とは何か、この私に、言ってくれ」

「生まれなかったこと」ハドラが言った。

「死んで生まれること」ヴァーメシュがつけ加えた。

絶望的な王子は指に力を入れてポキポキと関節の音を鳴らした。

「わたしは、幸福は近くにいると思う、だが幸福は手の届くところにはない。幸福は足のとどくところにある。足はすべてのものを踏みつけ、すべてのものにけつまずく。おお、ゴールよ、わが親愛なる友よ、わたしたち全員に友愛を示し、それから私ら全員を罵倒してくれ」

そこで、ゴールは五種類の言葉と、二つの世界にたむろするキザ男の口調で全員を罵倒した。それにイタリア人水夫のいさぎよい叫びと、イラン人の厳しい呪詛《じゅそ》とを結びつけ、純粋なヴィシェフラット地域の呪いの言葉、これらに逆説表現を加え、フリース諸島の表現をも織り交ぜてフリースランド・カーボイの荒々しく、激烈な言葉の弾を詰め込んだリボルバーの連射でこの悪態をおわった。

「哲学とは一種の試金石です」ハドラが深い思いに浸りながら言った。「それに試金石とは黒い色をしています。ゴリギアスは、『何も存在しない。しかしそれは愉快なことだ。すべてのものが存在する。だがそれは悲劇だ。いいですか、私は神を信じない。もし神々がいなかったら、世界を作らなかった。そして世界の創造を許さなかっただろう』と言っています」

「ああ、そうかい」王子はうなった。

「いいですか、みなさん」ハドラが話を締めくくった。「人間は血のなかで生まれます。そして生きる。それは私の痛風であり、胆嚢《たんのう》であり、偏頭痛であり、そして最後には、ガンか胆石で死ぬ。私の頭はマイル・ストーンのように重くて、色は黒だ。どうか人間の頭につばを吐くのだけはご遠慮いただきたい」

「天よ、わたしは腹の上で生きています」太ったラルフ男爵が言った。「わたしの頭のなかに絶対不動の定点を与えてください。そしたら、わたしはこの下劣で破廉恥な巣窟から、わが人生を上昇させます。わたしの生活は動物どもの群れよりもましではありません。四十年間、この重い腹を抱えてくたびれ果てているのです。おお、この腹よ、何たる重さだ！」

「諸君」ギニャールが陰鬱な声を発した。「われわれは愛によって生まれ、愛によって死ぬ。女性のベッドはわたしらの揺り籠であり、棺《ひつぎ》でもある。男はこの上もなく、もろい場所をもっている。心、つまり、幻想だ。女はただひとつの冒瀆すべからざるものをもっている。処女性だ。

かつて、処女性が傷つけられないように、両者を監視した。今日ではそれが傷つけられないように解放した。わたしは自分の中に入り込む。炭鉱夫のように垂直な竪坑のなかを落下していく。そしてびくびくしながら、黒いものを探しまわる」

「哀れなり、世界よ！」陰鬱なるチェペルが口を開いた。「もし、お前のなかに赤インクで掻き消すべきあらゆる間違いがあるとしたら、民族全体の血をもってしても十分ではあるまい。人間的なるもののすべては、気の利いたオチひとつない悲劇、何の大団円もないドラマだ」

「静かに」ヴァーメシュが歯をぎしぎし鳴らしながら言った。「わたしらが死すべきものでなければどうなる？　私らは死によって大団円にいたるのだ」ヴァーメシュはそういって立ち上がると、明かりを消した。パンチを暖めていた青い光が薄明かりのなかで死人のような不気味な顔を浮かび上がらせた。

「時間になったぞ」薄明かりのなかからゴールの声がした。「人間の黒い腸は、白い蛆虫《うじむし》の来訪に敬意を示す。人間は鍵のかかった戸棚である。そして死はパンドラ。好奇心の強い娘が戸棚を開ける。すると、なかから嫌なにおいがしてきた。

「人間は王である」ハドラが言った。「われわれは、おのれの紫色〔高貴の身分〕を静脈のなかにもっている。それがいっぱいになったら、わたしはゴミ缶の上に腰をおろし、神の顔にそいつを投げつけてやる。ホホ、神の静かな顔に赤い唾を吐きかける、それは神聖な静寂への血の警告だ。それがわたしの死となるだろう」

「マサチューセッツでは」ゴールが口を開いた。「農夫が死に、その死の苦しみにゆがみ、引きつった顔を硬直させた死に顔は、未亡人や遺児が一家の支え手であった故人を取り巻く伝染性の笑いに包まれる」

「ぼくの伯父は」チェペルが話しはじめた。「ヘルニアにかかっていて死ぬのをすごく怖がっていた。手術を受けた。医者が来て『あなたは助かりました、こんごも生きていけます』と言った。そのとたん、伯父は命を取り返すことができたのを、あまりにも喜びすぎて、逆に死んでしまった。だからね、生命そのものも、また、生命をおびやかす危険でもあるんだよ」

「ブレーメンのピエタクという技師は自殺機械を考案した。電気のスイッチをつけた自分専用のギロチンみたいなものだ。機械はきれいに出来上がった。しかし、彼が自分で試そうとしたが、そのたびに機械はうまく動かなかった。彼はピストルで心臓を撃ち死のうとしたが、心臓には当たらなかった。なぜなら彼の心臓は通例に反して右についていたからだ。彼は回復し、生命にたいする愛を取り戻した。彼はベッドのなかに横たわりトルストイとミューラーになって生きようと決心した。ところが、その瞬間、家が壊れ、彼を押しつぶし、彼の計画は未完のままおわった。

「私も死神を知っているよ」と陰鬱なゴールが言った。「それはパロディーに似ている。サーカスの会場から出て行こうとする、いたずら者の道化師の死に似た不条理な死だ。また、半分は冗談、半分は恐怖というような帳尻合わせのことも知っている」

「ぼくの友人の一人は、シガレットのなかに薬莢《やっきょう》のなかのエクラジット火薬をつめて、タバコを吸ったが、彼はばらばらに粉砕された。伯爵夫人リュトコフォヴァは猫に乗られて窒息して死んだ。ところがその猫というのが、ロンドンの動物展示会では、無審査で出場できるような代物だった」

「ぼくの弟のカレルは女友達の名前を彫り込み、宝石商人のヨゼフ・プロンツカによってエナメル細工を施したピストルで撃たれて死んだ」

「哲学者スワリムスは木製の櫛《くし》で自分の胸を突き刺して死んだ。ラッロは……でもそのことは言えない。人びとのなかには、おのれの死によって生命の尊厳を汚す者もいれば、おのれの死の尊厳をも汚す者がいる。いろいろな死がある――」

「わたしも死神を知っている」むっつり屋のヴァーメシュが不意に口を挟んだ。「わたしも死神を一人知っている、恐ろしい、かつて、その例を見ないようなものだった。そうさ、わたしも一人の死神を知っている――恐ろしくも、また、なぞを秘めた死神だった――その死神は、君たちの思考を掻き乱し、喉を締めつけるような気になるだろう。あるとき一人の死神がやってきた、そいつは――わたしが眠れないでいるとき、わたしを怯《おび》えさせた――」

「何だと？」招待主が緊張してたずねた。

「ちょっと待った。どうも息苦しい」ヴァーメシュはささやいた。「二度までも。二度目のとき――」

そう言って険悪な、反抗的な目つきで前方を見据えながら、大きな、汚らしい頭でゆっくりとうなずいた。そして突然、大きな音を立て、頭をテーブルの上に打ちつけると、ヴァーメシュの体が椅子からゆっくりとずり落ちた。あっという間の死だった。給仕たちがぐったりした体を廊下に運び出した。その直後、「旦那はなくなりました!」と給仕は報告した。

王子は青ざめた。

ベルナルト・ハドラはがっかりして、友人の死体のほうへ近づいた。

その晩餐には私たち十人がついていた。王子が自分の倦怠を紛らわせるために開いたものだった。ゴール、ハドラ、ギニャール、ヴァーメシュ、チェペル、アマ‐ハハベ、ラルフ、死神と私たちだ。そして頭を振り振り自分たちで語り合った。女性との愛について語ってみろ。そして愛の女神を呼べ。男たちと渇望について語り、それを呼べ。死について語れ、すると死神が来る。おお、人間どもは、誰もが幸福について語る。だが、幸福を呼ぼうとはしない。だから絶対に来ない。残念だな、ヴァーメシュ。
そして「残念なのは」と悲しみの王子は言った。「私たちに自分の小話を最後まで語らなかったことだ」

泥棒詩人の話

「懺悔《ざんげ》とか告白とか言ってもね、ときには、ちょっと違ったふうな現われ方をすることもありますよ」しかるべき沈黙の時をへたあとで、新聞編集者のザフ氏が話しはじめた。

「実際のところ人間にはしばしば、それが犯罪者の罪の意識なのか、それとも、どちらかというと、むしろ手柄自慢ないしは顕示欲なのか区別がつかないことがありますね。何よりもこれらの常習犯たちは、おそらく、自分のやったことを、どこに行っても吹聴《ふいちょう》できないとなると、おそらく彼らは欲求不満で爆発してしまうんじゃないでしょうか。もし社会が犯罪者たちを無視したら、たぶん彼らの大部分は絶滅してしまうでしょうね。このような常習犯を熱くしているのは、まさに一般社会の異常なまでの関心であり、それこそが彼らの楽しみなのです。

私にしても、人間は単に名声を欲するがゆえに盗み、強盗を働くのだとはあえて申すつもりではありません。彼らはそれを金のためにやっているのです。それとも軽率さからか、あるいは悪友の影響によってでしょう。しかし、一度、この大衆的人気の味をしめると、彼らのなかに誇大妄想が目覚めるのです――みなさん方もそれと同じようなことを、いわゆる政治家たちや、あらゆる社会的活動家の場合にも感じることがおありでしょう。

そうだ、あれはもうかなり昔の話ですがね、私がすぐれた地方週刊紙『東部新報』の編集をしているときでした。私は西部の出身ですがね、みなさんにも信じられないでしょうが、どうした風の吹きまわしか、私はそのころ東チェコの地域的利害のために戦っていたのです。

そこはスモモの並木道とおだやかな渓流のある、まるで絵にでも描いたかのような丘陵地の村でした。でも、私は毎週、この新聞をとおして『苛酷な自然と容赦ない政治体制にたいして、一切れのパンを求めて頑強に戦う、わが無知蒙昧《もうまい》なる山村の民衆』を鼓舞していたのです。みなさん、その新聞はね、ほんとうに善かれと思う気持ちから発行されていたのです。

私がそこで働いたのはたったの二年間でしたが、その二年のあいだに土地の人たちに、自分たちが未教育の山村の住人であること、自分たちの人生は英雄的であり、苦難に満ちている、自分たちの土地は痩《や》せているが、郷愁をさそう美しさと起伏にとんだ展望にめぐまれているという信念を叩き込みました。

しかし、新聞記者は、チャースラフスコでノルウェーのある仲間が民衆を魅了したようなわけにはいかないと、私は思います。ですが、そのことから、新聞にはある種の大きな使命をはたすことはできるということもわかります。ですから、このような地方の編集者は、とくにその地方に密着した出来事にも、もっと気をくばらなければならないのです。そんなある日、土地の警察署長がやってきて言いました。

『あのな、昨日の深夜のことだが、あるこそ泥野郎が雑貨商のヴァシャタの店を襲ったんだがね、どう思うかね、編集長さん。その悪党はその現場で詩を書いて、カウンターの上に置いていったんだ。こいつはちょっとばかり小癪《こしゃく》な仕種だとは思えんか、どうかね？』

『まず、その詩を見せてください』私はすぐにその詩を読みました。それはなんとなく、うちの新聞向きだという気がしました。『ねえ、署長さん、新聞の力を利用して、その盗人をつかまえようじゃありませんか』

『それはいいとしてだがね、でも、ちょっと考えてもみたまえ。そんなものを新聞に載せたら、君、この町といわず、この地方一帯にものすごいセンセーションをまき起こすぞ！』

つまるところ、私はああだこうだと言いくるめて、その詩を手に入れました。そして『東部新報』紙に掲載したのです。その詩のなかの私がまだ覚えているところを、ちょっとお聞かせしましょう。たしか、こんなふうでした。

一《いち》、二《にい》、三《さん》、四《しー》、五《ごー》と六《ろく》
七つ、八つに、九つ、十《とう》

十一《じゅういち》、十二《じゅうに》と時計が鳴る
泥棒さまの時がきた。ドアを
こじ開けようとしていると
通りで、誰かの足音がした
そんなもんにびくつくようじゃ、泥棒稼業はおしまいだ
その足音は、だんだん、だんだん遠ざかる
こんな暗闇のまんなかで、耳を澄ませば
心臓の音まで聞こえてくるぜ、この心臓
おれと同じに孤児《みなしご》だ
母さん、おれを見おろして、きっと泣いているだろう
この世じゃ、誰かが不幸を背負う
おれはここでは、たったの一人、ネズミがごそごそやるだけだ
ネズミとおれとは、泥棒仲間
だから、パンさえわかち合う
ネズミはどこにいるのやら、やつは居どこを知らせない
盗人は、盗人にだってご用心

こんなふうにしてもっと続くんですがね、最後はこんなふうにおわっていました。

もっと書きたいところだが
もう、ローソクが燃え尽きた

それで、私はその詩を、心理学的かつ美学的視点から見た長大な分析的考察をそえて新聞に掲載しました。私はその詩のバラード風な特徴を強調し、その泥棒の心中の繊細な琴線についても、これぞとばかりに美辞麗句を連ねて指摘しました。詩はそれなりに話題を呼びました。ほかの党派やほかの地方都市の新聞は、これは破廉恥きわまりない、詩芸術とは縁もゆかりもない、とてつもない下手物《げてもの》であると断定し、ほかの東部チェコの反対者たちもまた、これは盗作であるとか、英語からの下手くそな翻訳であるとか、そのほか何やかやとクソミソにけなして、はばかりませんでした。

ところが、私がわが地元の泥棒詩人の弁護論争に孤軍奮闘しているその真っ最中に、警察署長がやってきて言いました。

『あのなあ、編集長君、この問題にやっきになるのは、もうこれくらいにしておいてくれんか、君が弁護するあのいまいましい盗人野郎のことだがね。考えてもみてくれ、今週になって、また盗みをやりやがった、すでに被害は住宅が二件と商店が一件だ、そのいずれの現場にも長い詩が書き残されているんだぞ！』

『そいつはいい、ねえ、署長さん、そいつを掲載しましょう！』

『そんなことをするとだな、きみぃ』署長は不機嫌な声で言いました。『そのこそ泥めをつけ上がらせることになるんだぞ！　そのくそ野郎はだ、いいかね、いまや、ひたすら文学的野心に触発されて盗賊行為を重ねているんだ！　いまは、少しばかり熱を冷ましてやる必要がある、わかるかね？　その詩は一文の値打ちもない、だいいち形式性だか気品だかが欠如しているとかなんとか、何でも君の好きなように、そういうようなことを書くんだ。そうしたら、そのうち、そのイカレポンチは盗みをやめるだろう』

『ふむ』私は言いました。『そんなこと書けませんよ、もう、やつを、一度は、ほめたんですからね。でも、こんなのはどうです、そやつの詩をもうこれ以上は掲載しないというのは――それでこの一件はおしまい』

『いいだろう』

次の二週間に、しかるべき詩をともなった五件の盗難事件が新たに起きましたが、『東部新報』は頑として沈黙を守っていました。ただ、創作家のプライドを傷つけられた、われらが盗賊が場所をトルノフやターボルに移して、そっちの新聞種になるのではないかということが私には気がかりでした。考えてもみてください、あっちで、下手物食いの連中が、どんなに張りきって待ちかまえているか！

この沈黙に、われらが盗賊はややとまどったようでした。およそ三週間くらいは静かでした。でも、やがて、あらためて盗難事件が起こりはじめました。ただ、前とちょっと違った点は、事件と関連する詩が郵便で、直接、『東方新報』の編集部に送られてくるようになったことです。それでも『東方新報』はかたくなに沈黙をまもっていました。一つには、地域の公的筋とやり合いたくなかったから、そして、いま一つは、詩がだんだんと薄っぺらになってきたからです。作者は同じ内容をくり返し用いるようになり、空想的な馬鹿騒ぎをでっち上げ、それが空まわりしているのです。要するに、本職の作家のように振る舞いはじめたというわけです。

ある晩のこと、飲み屋を出て家に帰り、ムクドリのように口笛を吹きながら、オイルランプを点すためにマッチをすりました。その瞬間、後ろから誰かが肩ごしにマッチを吹いて、火を消してしまいました。

『明かりは点けるなよ』闇の声が言います。『おれだよ』

『ああ、そう』私は言いました。『それで、何の用だい?』

『おれは、聞きたいことがあって、ここへ来たんだ』闇の声が言います。『おれの詩はどうなった?』

『ねえ、きみい』私は言い返しました。——実のところ、私はこのあとがどうなるか、まったく見当もつきませんでした——『いまはもう編集の時間じゃないよ。あした、十一時に来てくれないか』

『そうしたら、あんた、おれをつかまえさせるつもりなんだろう』苦々しい闇の声が返ってきました。『そうは問屋がおろさねえってことよ。言ってくれよ、おれの詩をどうして載せなくなったんだ?』

　いま、やっと、私にはこれが例の盗人だとわかりました。『それはちょっと長い話になるな』私は彼に言いました。『座りなよ、お若いの、どうしても知りたいのなら、どうして君の詩を掲載しなくなったか、そのわけを教えてやろう。そのわけはだな、君の詩にはもはや何の価値もなくなったからさ。それだけだ』

『おれとしちゃあ……』闇の声は苦痛にみちていました。『最初のものより悪くなっちゃいないと思うがなあ』

『その最初の詩は、まだしもだった』私はきびしい調子できめつけました。『あのなかには、まだ率直な感情がこもっていた、わかるかい? 純粋直感的新鮮さ、実体験に裏づけられた真実、そして切迫感があった。それに臨場感。そう、すべてがあった。だがなあ、そのあとの詩ときたら、きみい、屁みたいなもんだ』

『しかし、おれは』苦悩をおびた声が響きました。『おれは、あとの詩だって、最初のときと、まったく同じような状況で書いたんだぜ!』

『まさしく、それだよ』私は厳然として言いました。『君はそのあとの詩では、ただ、最初のもののくり返しをしているだけだ。たとえば、そのなかには、またもや、外には足音が聞こえる、という句が出てくる――』

『だって、実際に聞こえたんだ』声が反論します。『編集長さん、人がね、盗みを働くときは、外の足音にはずいぶんと神経をとがらせるもんだぜ！』

『それに、ネズミも出てくる』私は難点を指摘し続けました。

『あのネズミだって』すっかり落胆した声が言いました。『ネズミがあのとき、たしかにいたんだから！　でも、ネズミのことを書いたのは、たったの三回じゃないですか――』

『要するにだね』私は闇の声をさえぎりました。『君の詩は文学的には無意味な常套句の羅列《られつ》にすぎなくなってしまったんだよ。独創性もない、霊感もない、感性的新鮮さもない。ねえ、君、それじゃあ駄目なんだ。詩人にはくり返しは禁物だ』

声はしばらくのあいだ黙りこんでいました。

『編集長さん』やがて言いました。『だって、盗みの手口っていうのは、どれもこれも同じなんだよ！　あんたも盗みをやってごらんなさいよ、そいつはね、いつも似たりよったりなんでさあ。毎回、違った手口をひねり出すなんて、そりゃあ、口で言うほど簡単なこっちゃありませんやね』

『だろうな』私は言いました。『じゃあ、少し目先を変えてみたらどうかね？』

『もしかしたら、教会とか』声がお伺いをたてるように言いました。『それとも、墓場とかをやってみろと？』

わたしは激しく首を振って言いました。

『それはね、場所の問題を言っているんじゃないんだよ、きみい。題材とか体験とかはどうでもいいんだ。要するに、君の詩には、ある種のコンフリクトというか、つまり精神的葛藤というか、それがまるで感じられないんだ。君の詩はいつも、きわめてありふれた盗みの表面的記述にすぎない。君は何らかの内面的なモチーフを発見するべきかもしれないな。たとえば、良心だ』

声はしばらくのあいだ考えていました。

『それじゃ、あんたは、良心の呵責《かしゃく》なんてことを言っているのかい?』声は躊躇《ちゅうちょ》しいしいたずねました。『そうすると、詩がよくなるっていうんだね?』

『当然じゃないか』わたしは声を大にして強調しました。『そうすることで、はじめて、心理的な深みと、激しい心の揺れが詩のなかに表現できるのだよ!』

『おれ、やってみるよ』と深い思いに沈んだ声が聞こえました。『でも、良心の呵責を感じながら盗みができるかなあ、おれ、ちょっと自信ないなあ。そんなもん、もってると、人間て、自分のやってることに自信がなくなるんじゃないのかなあ? 自信がないと、そいつはきっとつかまるな』

『仮に、そうだとしてもだ!』私は叫びました。『ねえ、きみい、たとえ君がつかまったとして、それがどうしたって言うんだい、かまわんじゃないか! 監房に鎖でつながれていると、どんなにすばらしい詩が書けるか、君には想像もできんだろう？　よし、じゃあ、君に監房で書かれた一編の詩を教えてやろう。君はこの詩を絶対に読むべきだよ！』

『じゃあ、その詩ってのは新聞に載ったんですかい？』声は猛烈な好奇心をむき出しにしてたずねました。

『ねえ、きみい』私は言いました。『こいつはね、世界中でいちばん有名な詩の一つだ。明かりを点けてくれたまえ、君に読んであげよう』

客はマッチをすって、ランプに火を点しました。声の持ち主は往々にして盗人や詩人にありがちの、青い顔に、少しニキビのある若者であることがわかりました。

『じゃあ、ちょっと待ってくれたまえ。さてと、いますぐに見つけてやるからな』

私はオスカー・ワイルドの〝レディング監獄のバラード〟のチェコ語訳を探し出しました。みなさんもご存じのとおり、この作品は、そのころ、ひどく世間にもてはやされたものでした。

私はかつてこのかた、そのときのように感情をこめてこの詩を読んだことはありません。みなさんもご存じですよね、あの詩句を、〝かくして、人は、誰しもが、おのれのなしうる業《わざ》をもて、人を殺《あや》めつづくべし――〟

私の訪問客はいっときも私から目をそらすことなく、じっと聞きいっていました。そして、絞首台に向かって歩いていく死刑囚の行《くだり》まで来ると、両手で顔をおおって、嗚咽《おえつ》しはじめました。

最後まで読みおえたとき、あたりはしんと静まりかえっていました。私はこの瞬間の、ある種の厳粛さをそこないたくありませんでした。私は窓を開けて言いました。

『あの柵をこえて行くのがいちばん早道だよ。おやすみ』

そして、私はランプの火を消しました。

『おやすみなさいませ』ふるえ声が闇のなかでしました。『じゃあ、あたしゃ、なんとかそういうふうにやってみます。どうも、ありがとうございました』

それから、まるでこうもりのように音も立てずに消えていきました。たしかにそうとう年期の入った泥棒であることはたしかです。

二日後、彼は押し入った商店でつかまりました。彼はカウンターの上にすわり込んで、紙切れを見つめながら、鉛筆の端を噛んでいたそうです。その紙片にはたったの一行しか書いてありませんでした。


盗人は、誰しもが、おのれのなしうる業をもて、盗みを働きつづくべし――


その先はありません。おそらく、〝レディング監獄のバラード〟をもとに、バリエーションを書くつもりだったのでしょう。

あのとき、その盗人は一連の盗みの罪にたいして一年半の刑を受けました。数ヵ月たったころ、わたしのところに詩をいっぱい書き綴った帳面がとどけられました。それは恐ろしいものでした。まさに湿った地下の独房、土におおわれた廊下、鉄格子、足鎖を引きずる音、かび臭いパン、絞首台までの道程《みちのり》、その他、あれやこれや。私は、彼の入った監獄が、どんなにひどい環境にあるのか恐ろしくなりました。

すみませんがね、みなさん、私みたいな新聞記者はね、どんなところにでもはいり込むことができるんです。それでね、私は監獄の設備を視察するための許可をそこの刑務所長からもらうことに成功したのです。ところが、なんと、その監獄はまったくしかるべき設備の整った、きわめて人間にやさしい、ほとんど真新しい刑務所だったのです。ちょうどそのとき、たったいまブリキの深皿からひら豆を食べおわったばかりの例のこそ泥野郎を見つけました。

『どうかね』私は彼に言葉をかけました。『君があの帳面のなかに書いていた足鎖というのはどこにあるんだい？』

われらが盗賊君は顔を赤くして、返す言葉もなく刑務所長のほうを盗み見ていました。『編集長さん』彼は口ごもりました。『ここの刑務所にあるようなもんじゃ、詩なんぞまっるっきり出来やしませんや！　こんな監獄じゃむずかしいですよね、そうでしょう？』

『それで君はここに満足しているのかい？』私はたずねました。

『ほかのことでは、たぶんね』彼は当惑して照れくさそうに言いました。『でも、ここのなかにゃ詩になるようなものは何もありませんよ』

それ以来、私は彼とは会っていません。〝法廷通信欄〟のなかででも、それに詩のなかでもです」

ガンダラ男爵の死

「ねえ、みなさん」つづいてメンシーク氏が話し始めました。「リバプールの〝サツ〟の連中はきっとその殺人犯をつかまえますよ。そいつは常習犯の仕事でしょう、そうなると通常は見つかるものです。そういうケースでは、現在は釈放されて〝シャバ〟に出て、自由に駆けまわっている札付きの前科者がみんな集められます。そこで『貴様たちのアリバイを言え』となります。そしてアリバイのないやつがいると、そいつが犯人というわけです。

警察はどうも未知の犯人や犯罪者を相手にするのは苦手のようですね。あえて言わせていただくなら、警察は前科者や、その道では名の通った大物たちのリストをこしらえているようです。そういうふうにして、新しい犯人をつかまえるたびに、その名簿のなかに書き加えていくのです。いま、仮に、誰かをつかまえるとしますね。すると、そいつをよく調べあげたあげくに、タイピストを呼んで犯罪記録を作らせます。するとこの犯人はもう彼らの〝身内〟となるというわけです。これ以後は、なにか事件みたいなものが起こるやいなや、まるで床屋かタバコ屋にでも行くように、古い知り合いを一人ずつ訪問してまわるのです。

まずいのは、なんらかの犯罪が素人か新顔の犯人によっておこなわれたときです。たとえば、あなた方とか私とかです。そうなるその犯人を探し出すのは、警察にとってかなり骨の折れる、やっかいな仕事になるでしょうね。

私の親戚に警察署に勤めている者がいましてね、刑事課のピトルという人物で、家内の叔父に当たる人です。そんなわけで、このピトルさんが口癖のように常々口にしている決まり文句があるんです、それには『もし、それが強盗なら、やったのはある種の専門家だ。そして殺人なら、たぶん身内のなかの、誰かの犯行ということになる』というのです。

こと、ピトル氏は一貫してこんな考え方にしたがって捜査をしています。ですからね、彼はこうも言うんです。『人間が未知の人間を殺すのはきわめてまれである。なぜなら、それはそれほど容易ではないからだ。それが知り合いのなかにある人たちのなかでなら、むしろそのチャンスはめぐまれている。家庭のなかということになればいとも簡単だ』とね。

たとえば、ピトル叔父の手に、ある殺人事件がまかされたとします。すると、彼は、その殺人を最も容易に実行できるのは誰かと、推理をしながら、その線をたどっていくのです。『いいか、メンシーク』とピトル叔父は言います。『わしはだな、いささかの空想も、冗談のセンスも、からっきし持っちゃいない。うちの警察署では誰もが、わしのことを刑事課のなかで最大の阿呆だと言っている。いいか、わしはその殺人犯とおなじくらいの低能だ。だから、わしの思いつくことは殺人犯の動機や計画や行動と同じくらいにありふれていて、当たり前で、ばかげている。あえて言うなら、まさにそれだからこそ、わしの手でほとんどの事件が解決されてきたのだ』とね。

もしかして、みなさん方のなかで、あの東洋人のガンダラ男爵殺人事件のことを覚えていらっしゃる方、ありますか？　その被害者というのはすごく謎につつまれた冒険家でしたよ。髪はカラスのぬれ羽色、地獄の大魔王よろしく見てくれも悪くない。その男はグレーボフカのそばの家に住んでいました。そこで時たまおこなわれていたことといえば、そりゃあ、もう、口にするのもはばかられるようなものでした。

そのようなある日、明け方近く、その家でリボルバーから発射された二発の銃声が聞こえてきたのです。ちょっとした騒ぎがあって、射殺された男爵がその家の中庭で発見されましたが、胸ポケットの札入れがなくなっていました。それ以外に、これといった手掛かりは何も残っていません。要するに超一級の怪事件です。

そこで私の叔父ピトルがこの殺人事件を担当することになったのです。それというのも、ちょうどそのとき叔父はほかに事件をかかえていなかったからです。でも、彼の上司は前もって、さりげなく言いました。

『ピトル君、今度の事件は君が得意とするタイプの事件とはちょっと違うかもしれんがね、しかし、まあ、君が引退して、年金生活に入るほどボケちゃいないということを証明するために、しっかりやってくれたまえ』

ピトル叔父はむっつりとして『ええ、そうしますよ』と言うと、犯罪の現場に出かけました。当然のことですが、なんの手掛かりも見つかりません。叔父は部下の刑事たちに悪態をついたあと、石膏《せっこう》製の頭のついたパイプをくゆらせるために、自分のデスクにもどりました。いやな匂いの煙のなかの彼を見ると、誰もがピトル氏は担当の事件について何か熟考しているなと思ったでしょう。でも、ピトル叔父は熟考などしてはいませんでした。なぜなら、叔父は原則として熟考することを拒否していたからです。

『殺人犯だって熟考などしてはおらんのだ』と叔父はよく言いました。『そいつを、ふと思いつくか、思いつかんかだ』

警察署内のほかの刑事たちもピトル叔父がこの事件を担当することになってすごく悔しがっていました。『こいつはピトル向きの事件じゃないよ』と彼らはお互いに言い合っていました。『こんなすごい事件をピトルに取られるなんて、残念だな。ピトルなんか、甥《おい》か、女中の情夫に殺された婆さんの事件くらいがちょうどおあつらい向きなのにな』

そんなとき、古くからの同僚のメイズリーク警部がたまたま通りかかったというような顔でピトル叔父のところに立ち寄り、机のわきの椅子に腰をおろして、話しかけました。

『どうだ、ピトル君、ガンダラ事件で何か新しい発見でもあったかい？』

『ひょっとしたら、甥かなんかいるかもしれませんな』ピトル叔父は答えました。

『ねえ、君』と法学博士の学位をもつメイズリーク警部が助言をしようとして言いました。

『今度の事件は今までのとちょっと違うかもしれんぞ。言っとくがね、ガンダラ男爵というのは国際的スパイの大物だったんだよ。だから、これにはある種のやっかいな問題がからんでいるかもしれん――わたしには、その被害者の財布がなくなっているというのがどうも引っかかるのだがね。わたしが君だったら、きっといろんな情報を――』

ピトル叔父は首を振り、そして言いました。

『ねえ、警部、わたしら誰にでも自分のやり方ってものがあるんです。まず、最初に、被害者の遺産を受け取ることのできる近親者がこのあたりにいるかどうかを調べなければなりません』

『第二に』メイズリーク警部が話を引き取りました。『ガンダラ男爵は相当に常軌を逸したギャンブラーだった。君はそんな賭博クラブに足を運んだことなどあるまい。メンシークのところでドミノでもやるのがせいぜいだ。だから、そういった筋とのつながりも持ってやしまい。なんなら、最近、男爵とゲームをやったのが誰か、わたしが聞き出してやってもいいがね。いいか、こいつはかなりの額の負債がからんでいるかもしれんぞ……』

ピトル叔父は顔をくもらせ、考え深げな表情を見せました。

『いいですか、警部、そういうやり方は、わたしには向きませんね。わたしはこれまで、そんな上流階級のなかで仕事をしたことはありませんし、いまさらこの齢で、そんなことしたいとも思いません。相当額の負債なんて、そんなものほっといてくださいよ。そんな事件はかつてこのかた、わたしには経験ありませんや。もし、家庭内での殺人でなければ、外部のものによる強盗殺人です。そして、この場合は家のなかの誰かがやったに違いありません。たいがいの場合はそうなるもんです。もしかしたら、料理女に甥がいるかもしれませんな』

『それともガンダラの運転手かな』

メイズリーク警部は叔父を怒らせようとして言ったのでしょうが、叔父のピトルは首を振りました。

『運転手なんてものは』叔父は言いました。『わたしがバリバリの現役のときには、まだいませんでした。運転手が強盗殺人をはたらいたなんて、わたしの記憶にはありませんな。運転手が酔っ払うとか、ガソリンをちょっとばかりくすねたなんてことはありますがね。でも、人を殺すようなことをするとは、わたしには考えられません。メイズリーク警部もまだ若い若い。わたしはね、わたしの経験にしたがってやらせていただきますよ。あんたもわたしみたいに齢をとったらね――』

警部メイズリーク博士はいらだたしげな様子を見せて、すぐに話を引き取りました。

『ピトル君、さらに第三の可能性もあるんだよ。ガンダラ男爵はある既婚の婦人とも関係をもっていた。そりゃあ、君、プラハ随一の美女だった。だから、嫉妬《しっと》による殺人という可能性もなきにしもあらずだ』

『ありえますな』ピトル叔父は同意しました。『そういう事件ならわたしはもう五件も扱いましたよ。で、その奥さんのご主人というのは何者です？』

『大企業家だ』メイズリーク警部は答えました。『かなりの大会社だよ』

ピトル叔父は考え込み、そして言いました。

『そうなると、また行き止まりだ。わたしはこれまで、大企業家が誰かを撃ち殺したなんてケースに出会ったことはありません。ペテンなら彼らもやります。しかし、嫉妬から殺人というのはね。ちょっと考えられませんな、警部！　別の階層の連中なら、まあ、あるでしょうがね』

『ピトル刑事』メイズリーク警部は続けました。『君はあのガンダラ男爵が何で食っていたか知っているのかね？　ゆすりだ。いいかね、君、あの男はだ、大勢のすごい金持ちたちの、つまり、そのう――なんというか、すごい、恥さらしな醜聞をだ、山ほどにぎっていた。これはなんたって心配の種だ。そういった脛《すね》に疵《きず》をもつあらゆる人間が切望していた可能性は十分ある――つまり、そのう……、やつの抹殺《まっさつ》をだ』

『じゃあ、いいですか、警部』ピトル叔父は警部の言葉にたいして言いました。『そのような事件をわたしは、すでに一度、経験いたしましたよ。でも、わたしら立証することができませんでした。あれはとんだ恥さらしでしたよ。金輪際、ごめんですね、わたしはそんな事件で二度と失敗はしたくないんでね。わたしにゃあ、普通の強盗殺人が相応ですよ。わたしはそんな世間を騒がせる大事件とか、不可解な怪事件なんてのはあんまり好きじゃありませんのでね。あたしがあんたくらいの年齢のころにはね、やっぱり、いつかはなんか有名な大犯罪事件を扱ってみたいと思ったこともありましたがね。そりゃ、すごい野心でしたよ。でもねえ、警部さん、人間の野心なんてもん、齢とともに、たわいもなくしぼんでいくもんですよ。そのうちに、大事件なんて、そうそう起こるもんじゃない、起こるのは、けちな、ありふれた事件ばっかりだということがわかってくるんですな』

『ガンダラ男爵事件はありふれた事件じゃないぞ』とメイズリーク警部は反論しました。『いいかね、君、わたしはあの男を知っているがね、紳士然とした詐欺師だ。ジプシーみたいに色黒だ――まあ、わたしがこれまで会ったなかで、いちばんハンサムなルンペンだな。神秘の男、悪魔《デーモン》、いかさま賭博師、にせ男爵。いいかな、こういう人間は尋常な死に方では死なない。通常の殺人でもだ。この事件の背後にはもっと容易ならざる何かが隠されている。もっと大きな謎がだ』

『じゃあ、この事件をわたしにまかせたのは的はずれですね』ピトル叔父はぶすりと不機嫌に言いました。『わたしは神秘的とか、謎めいたとかには、とんと不調法でざんしてね、そんなあやしげなもんにゃ目も向けたかありませんや。わたしは、たとえばタバコ屋の婆さんの殺人といった、ごく平凡で、ごく単純明快な殺人事件のほうが好きですな。わたしがね、警部、いまさら、新しい捜査方法なんてものを勉強したからってどうなるっていうんです？　わたしのところに事件がまわってきたら、わたしはわたしのやり方でやりますよ。そうすりゃあ、その殺人だって、ごくありふれた強盗殺人ってことになるわけですよ。もし、警部がある事件を受け持つとなれば、その事件はセンセーショナルな犯罪事件や世間の話題をさらう恋物語に、はたまた政治的スキャンダルになるんでしょうな――ねえ、メイズリーク警部、あなたはロマンチック趣味をおもちのようですね。あなたならこの事件を素材に、何か夢みたいな事件をでっち上げることがおできでしょうがね、残念ながら、この事件はあなたのものにはならなかった』

『だがねえ、君』メイズリーク警部は胸のつかえを吐き出すように言いました。『わたしがだよ……もしかして、まったく個人的に……この事件の捜査をするとしたら……それには、もちろん、異存はあるまい？　――いいかい、わたしはね、そのガンダラという男についてなら何でも知っているという友人、知人が何人もいるんだ――もちろん、わたしはその情報をいくらでも君のお役に立てることにやぶさかではない』メイズリーク警部はそう言って急いでつけ足しました。『だからといって、その事件が君のものであることに変わりはない――どうかね？』

ピトル叔父は憤然として、語気も鋭く言い返しました。

『ご親切には重々感謝いたしますがね、そうはまいりませんな、警部殿。あなたはあたしとは違った捜査の手法をお持ちだ。あなたが捜査をなさったら、この事件はわたしが捜査するのとはまったく別の事件になってしまうでしょう。こいつを混ぜこぜにしちゃあいけません。わたしがですよ、あなたのおっしゃる、そのスパイやら、ギャンブラーやら、奥さん方やら、そんな上流の身分の方々を相手に何をおっぱじめればいいとおっしゃるんです？　警部さん、そんなものわたしにとっちゃあ、一文の値打ちもありゃしません。わたしがこの事件の捜査をするとしたら、この事件は、いわゆるわたし流の、ごくありふれた、薄汚い事件におさまるでしょうよ……。誰だって分相応のことしかできませんよ』

ちょうどその時、ドアをノックする音がしました。

『捜査主任殿』部下の刑事が報告しました。『ガンダラの家の管理人には甥がいました。無職の二十歳の若僧で、ヴルショヴィツェ、一四五一番地に住んでいます。こいつはしばしば管理人のところに出入りしていたそうです。それから、その家の女中には兵隊の愛人がいますが、現在は、演習に出ているそうです』

『よし、わかった』ピトル叔父は言いました。『急いでその甥のところに行って、家宅捜索をしたうえで、そいつをしょっぴいてこい』

二時間後には、ピトル叔父は若者のベッドのなかから見つかったというガンダラの財布を手にしていました。その夜、若者は酒に酔ってぐでんぐでんになっているところを逮捕され、朝になって、ガンダラを射殺して財布を奪ったこと、財布のなかには五万コルン以上の金が入っていたことを自白しました。

『ほうら見ろ、メンシーク、クシェメンツォヴァー通りの老婆殺しのときとまったく同じだ。今度も管理人の甥がやったんだ。それにしてもなあ、メンシーク、この事件をメイズリーク警部が扱っていたらとしたら、この同じ材料をもとにどんな事件をでっち上げていただろう。思っただけでも、ぞっとするなあ！　まあ、わしにはそんな事件をでっち上げるほどの想像力が欠けているからなあ。まあ、それが幸いと言えば言えんこともないな』」と、ピトル叔父は私に言って、話の最後をしめくくりました。

ヒルシュ氏失踪事件

「いまの話は、まんざら悪くはありませんでしたがね」とタウシッヒ氏が言った。「事件が起こったのがプラハではなかったというのが、大いに残念なところでした。いいですか、みなさん、犯罪事件の問題にしても、人は祖国にたいする配慮をおこたってはならないはずです。すみませんがね、パレルモだか何だか知りませんが、そんな土地での事件がわたしらに何の関係があるというのです？　なんの関係もありませんや。

ところが、そんな気の利いた事件がプラハで起こったんだとしたら、あたしならなんとなくうれしくなりますね。そして、いまや、われわれのことが世界中で話題になっているだろうって、ひそかに思って、きっといい気分になるでしょう。だから、当然、それなりの注目すべき事件が起こるようなところでは、商売も繁盛するでしょう。そのことは町の規模の大きさを証明し、それこそ、信頼感をも呼びおこしますからね。ただし、その犯人をつかまえることが肝心です。

みなさんはドロウハー大通りで起こったヒルシュ老人の事件をご記憶でしょうか？　老人はそこで毛皮商を営んでいました。しかしまた、あちこちでペルシャ絨毯《じゅうたん》やそういった類の東方《オリエント》の品物も商っていました。きっとイスタンブールで長年にわたって何やらそんな商売をやっていたんでしょう――ところが、むこうでそんな商売かなんかやらかしているうちに肝臓に何やら変なものをうつされるかどうかしたんでしょうな、くたばりかけた猫みたいにやせ細っちまったうえに、皮なめし用のタンニン酸のなかから引っ張り出したみたいに、すっかり茶色になっちまったんです。

老人は盗難品の売買にも応じていましたから、アルメニアやイズミールの絨毯職人たちがしょっちゅう出入りしていたのです。彼ら、すなわち、そのアルメニア人たちは大変なぺてん師どもでしたからね、やつらを相手にするときには、ほとほと用心してかからないとユダヤ人でさえ鼻を明かされかねないほどだったのです。

そんなことから、ヒルシュ老人は一階にそれらの毛皮を保管していました。そこから螺旋《らせん》階段を通って事務室にいけるようになっていました。事務室の奥は住まいになっていて、そこにはヒルシュ夫人がすわっていました。奥さんはまったく歩くこともできないくらい太っていたのです。

そして、ある日の昼ちかくに、一人の店員が事務所のヒルシュ老人のところにきて、ブルノのヴァイルとかいう人物には代金後払いで送るのかどうかをたずねにきたのですが、ヒルシュ老人は事務室にはいませんでした。これはたしかに変です、でしょう？　でもその店員は、そのときは『もしかしたら、ヒルシュ老人はほんのちょっと奥さんのところに行ったのかもしれない』と思っていました。しばらくして女中が、ヒルシュ老人に昼食に来るようにと知らせにおりてきました。

『なんだい、昼食へだって？』店員は言いました。『ヒルシュ旦那は住まいのほうにおられるはずだよ』

『でも、住まいのどこよ？』女中は言います。『ヒルシュの奥様は一日中、事務室の隣の部屋にすわったままでおいでなのに、朝から旦那様を見ていらっしゃらないのよ』

『おれたちだってさ』と店員は言い返しました。『おれたちも旦那さんを見ていないよな、ヴァーツラフさん』

念のために言っておきますと、このヴァーツラフという男はこの家の下男です。

『おらあ、十時に旦那さんに郵便を届けたけどね、そのときゃ、ヒルシュ旦那は、あのレンベルガーにゃ、子牛の生皮の件で催促せんといかんなと、不機嫌そうに、おらにおっしゃったがね、それ以後は、事務所から鼻の先っぽも出しちゃおられんもんね』

『おお、マリア様、どうしましょう』女中は言いました。『旦那様は事務所にいらっしゃらないのは確かよ。もしかしたら、町のどこかへいらっしゃったんじゃないかしら?』『店を通って、ここからは出ていかれなかった』と店員は言いはりました。『だって、そんならおれたちが見たはずだ、そうだよな、ヴァーツラフさん。旦那はきっと住まいのほうから出られたんだよ』

『そんなはずないわよ』女中が言いました。『そうしたら旦那様はヒルシュ奥様の目にとまったはずじゃない!』

『ちょっと待てよ』店員が言いました。『おれが旦那を見たときは、旦那さん、部屋着を着て、スリッパをはいておられた。ちょっと行って、旦那の靴とオーバーシューズ、それに外套《がいとう》があるかどうか見てきなよ』

たしかに、そのときは十一月でしたし、かなり雨も降っていました。

『もし、旦那がそんなものを着込んでおられたのだとしたら』店員が言いました。『そんなら町のどこかへ出かけられたんだし、そうでなけりゃ家のなかのどこかにおられるはずだ、そうだろう?』

それで女中は大急ぎで上にあがっていきました。そして、しばらくして、青い顔をして戻ってくると、『なんてこと、フゴーさん』と、その店員に言いました。

『ヒルシュ旦那様は靴どころか、なんにも着ておられませんよ。それにヒルシュの奥様は、事務室にいらした旦那様が住まいのほうから出るには、奥様の部屋を通らないかぎり出ていけるはずはない！　とおっしゃったわ』

『店のほうも通られなかった』店員は言いました。『旦那は今日はまったく店のほうには来られなかった。ただ、郵便のことで事務室に呼ばれたことはあったがね。ヴァーツラフさん、旦那さんを探しにいこう！』

そして、真っ先に事務室に行きました。そこには乱れたところは一つもなく、部屋の隅に絨毯が二三枚広げられていました。そして机の上には、さっきのレンベルガーへの書きかけの手紙があり、机の上のほうには、吊り下げられた石油ランプが燃えていました。

『さて、これで旦那がどこへも行っておられないことがはっきりした』と店員のフゴーが言いました。『もし、どこかへ出かけるとしたら、ランプの火は消すはずじゃないか、そうだろう？　旦那はきっと家のなかのどこかにいらっしゃるにちがいない』

そこで家中を探しましたが、どこにもいませんでした。ヒルシュの奥さんは安楽椅子にすわって泣きはじめました。

『ありゃ、まったく、ゼリーの大きな塊がぶるんぶるん震えているみたいだったよ』と後になってフゴーは言ったものです。

『ヒルシュの奥さん』そのフゴーが言いました——こんな若いユダヤ人が、必要に応じて、ふいに冷静になるというのは不思議なことですがね——『ヒルシュの奥さん、泣かないでくださ い。ヒルシュ旦那はけっしてどこへも逃げていったりはなさいませんよ。いまだって毛皮が入荷したところですし、それに貸金の取り立てにも行っていらっしゃらないんですから、でしょう？　旦那さんはどこかにいらっしゃいますよ。もし夕方までに見つからなかったら、警察に行って話しましょう。でも、あんまり早すぎてもだめです。こんな変な話は店の評判にかかわりますからね』

そこで、夕方まで待ち、探しましたが、まったく影も形もないのです。フゴーはしかるべき時間に店を閉めると、警察にヒルシュ氏が消えてしまったことを告げました。それで警察から刑事が派遣されてきました。当然、彼らは家のなかを徹底的に捜索したのですが、痕跡ひとつ見つけられませんでした。それればかりか血の跡まで探しましたが、床の上はおろか、どこにもありません。そこで一時的に事務室を封印しました。

それから、今朝の様子がどんなふうだったか、ヒルシュ夫人やそのほかの関係者に尋問がおこなわれましたが、とくに変わったことは、だれも知りませんでした。ただ、フゴーだけが、十時すぎにヒルシュ旦那のところに行商のレベタ氏がやってきて、十分ほど話をしていたことを思い出しました。

今度は、レベダ氏を探しました。すると案の定、彼は喫茶店ブリストルでギャンブルに熱中しているところを発見されました。で、そのレベダ氏はあわてて賭け金を隠しましたが、刑事は言いました。

『レベダさん、今日はギャンブルの取り締まりじゃない。ヒルシュ氏のことだ。ヒルシュ氏の姿が見えなくなったんだ。あんたがヒルシュ氏を見た最後の人間だ』

『たしかにそうかも知れませんがね』と言いはしたものの、レベダ氏はなんにも知りませんでした。彼はある革紐《かわひも》のことで会ったのですが、とくに変わったことは何も気づかなかったと答えました。ただ、ヒルシュ氏はいままでよりも、いっそうやつれて見えたというのです。

『ヒルシュさん、あんた、なんとなく老けたみたいだねと、あたしは言いましたよ』

『しかしね、あんた』刑事は言いました。『たとえヒルシュ氏が前よりもくたびれていたからといって、われわれの前から空気になって消えてしまうことはあるまい。少なくとも、何か骨か髪の毛くらい残っていてもよさそうなもんじゃないか、そう思わんかね？　それに手提げ鞄《かばん》のなかに入れて、持ち出すということもできまい』

ところで、ちょっとお待ちください。この事件には第二の結末があるのです。

みなさんも、駅のトイレがどんなものかご存じでしょう、旅行者はそこにあらゆる種類のものやトランクを置きっぱなしにしていますよね。そんなわけで、ヒルシュ氏が消息を絶ってから二日ほどたったころ、トイレの掃除婦が駅の雑務係に告げました。

『トイレ室のなかに大きなトランクがあるんだよ。どうも変なの、いやだわ。どうしてか理由はわからないんだけど、すごくこわいんだよ』

そこで雑務係はそのトランクのところへ行き、匂いをかいで言いました。

『おばさん、こりゃあ、駅の警察に知らせたほうがよさそうだよ』

警察は警察犬を連れてきました。すると、その犬はトランクの臭いをかぐやいなや、吠えだし、毛を逆立てはじめました。ですから、このトランクがどうもあやしいということだけは間違いありません。そんなわけで、トランクを無理やりこじ開けたのです。すると中には部屋着に部屋履《ば》きの格好をしたヒルシュ旦那の死体が押し込められていました。

ヒルシュ旦那は肝臓を病んでいましたから、あわれな旦那は早くも死臭を放っていたのです。それにトランクのなかには切れた太いロープが入っていました。首を締められたのです。それにしても、なかでもいちばん不思議なのは、部屋着を着て部屋履きをはいたままの旦那をどうやって事務室から駅のトランクのところまで運んだのだろうということでした。

そんなわけでこの事件をメイズリーク警部が担当することになったのです。警部はその死体を見るやいなや、すぐに顔や手に、みどり、青、赤のしみがあるのを見つけました。このヒルシュ旦那はすごく茶色っぽかったので、そんな色の汚れがあるのは、いよいよ変です。『これは奇妙な腐敗現象だな』とメイズリーク警部はつぶやき、ハンカチでそのしみの一つをこすりました。するとどうです、そのしみは消えてしまったのです。

『おい、君』そこで警部はもう一人の刑事に言いました。『どうやら、このしみはアリニン酸染料のものらしいぞ。わたしはもう一度、あの事務室を見なければならん』

事務室に戻ると、真っ先にその部屋のなかに何か染料がないかと見まわしましたが、そこにはまったくそれらしいものはありませんでした。そのとき、急に、丸められたペルシャ絨毯がメイズリーク警部の目にとまりました。その絨毯の一つをほどいて、唾《つば》をつけたハンカチで、似たような青の模様をこすると、ハンカチに青いしみがつきました。

『これはまったくひどい絨毯だな』警部は言い、さらに探しました。そしてヒルシュ旦那の机の上のインク壺を置いた皿にトルコ製のシガレットの吸い殻を二三個発見しました。『君は覚えているかい』警部は一人の刑事に言いました。『つまり、こういった絨毯の商談のときには、いつも一本、また一本と次々にタバコを吸うんだ。それはもうオリエンタルの習慣になってしまっている』

やがて、それからフゴーを呼んで、たずねました。

『フゴーさん、レベカ氏のあとにも、また誰か来たんじゃないのか、え、どうだ？』

『はい』フゴーは答えました。『でも、ヒルシュ旦那は、わたしたちがそのことを口にするのを好んでおられませんでした。旦那はわたしたちに、絨毯のことはおまえたちには何の関係もない。おまえたちは毛皮のことに気を配っていろ。これはわしだけの問題だって』

『当然だな』メイズリーク警部は言いました。『なぜなら、ここにあるのは密輸品の絨毯だ。見たまえ、このどれにも通関証明がついていない。もし亡くなっておられなかったら、ヒルシュ氏は密輸の罪でヒベルンスカー通りの役所に呼び出され、こっぴどく絞られたあげく、真っ青になるくらい罰金を払わされていただろうな。さあ、早く言え、ほかに誰かがここに来ただろうが！』

『はい』フゴーは言いました。『十時半ごろ、オープン・カーでアルメニア人だかユダヤ人だか、すごく太った黄色い顔の男が乗りつけてきて、トルコ語かなんかでヒルシュ旦那のことをたずねました。それで、上の事務所のほうに行く通路を教えました。するとその後から屋根板のように痩せた、のっぽで、黒猫のように真っ黒な下男が、大きな絨毯の巻き物を五本も肩にかついでついていきました。わたしはヴァーツラフさんと一緒に、よくもまあ、あんな細い体でかつげるもんだなあと、いつまでも驚いて見ていましたよ。

やがてその二人の男は事務室に入っていきました。そして約十五分ほどいましたが、わたしたちはそんなこと気にもしませんでした。しかし、そのぺてん師とヒルシュ旦那とが話している様子がずっと聞こえていましたよ。まもなくして、その下男がまたもや這《は》うように背をかがめて降りてきましたがね、肩には巻いた絨毯を四本だけかついでいました。

ああ、とわたしは思いました。ヒルシュ旦那はまた一本買ったなとね。そういえば、そのアルメニア人はドアのところで事務室をふり返り、中のヒルシュ旦那に、さらに何か言っていましたがね、でも、それはわたしには理解できない言葉でした。そう、それからそのやせた男にその絨毯を車のなかに放り込ませて車で行ってしまいました。

あたしがそのことを言わなかったのは、そのことについて何か特別のことは何もなかったからですよ、本当です。そんな絨毯商人はわたしらの店にはよく出入りしていましたし、どいつもこいつも、みんな似たりよったりの悪党でしたからね』とフゴーは言いました。

『いいかね、フゴー君』フゴーの言葉にたいしてメイズリーク警部は言いました。『その何もなかったことのなかに、まさしく非常に疑わしい何かがあったことを教えてやろう。つまり、そののっぽのやせ男は巻いた絨毯の一本のなかにヒルシュ氏の死体を巻き込んで運び出したんだ。わかったか、このあほんだら！　いいか、その男は、持って上がったのと同じ絨毯を、また持って降りてきた。そのことに、君は気づいたじゃないか』

『なあるほど、そういうわけだったのか！』フゴーはそう言って、真っ青になりました。『たしかに、やつは降りるとき地面に額がつきそうなくらい前にかがんでいましたよ！　でも、警部さん、そんなことはありえませんよ。その太ったアルメニア人は男の後ろからついてきながら、ドアロのところで、ヒルシュ旦那とまだ何か話していましたからね！』

『そうだろうとも』メイズリーク警部は言いました。『空っぽの事務室にむかって話をしていたんだよ。その前に、やせ男がヒルシュ氏を絞め殺していたときも、同時にしゃべり続けていたのさ、どうだ、わかったか。この手のアルメニアのユダヤ人てのは、おまえさんよりはずっと賢いんだよ。それからヒルシュ氏の死体を絨毯に巻いて、ホテルの部屋に運んだのさ。しかも雨が降ってきたから、安物のアリニン染料で染めた絨毯から色が落ちて、ヒルシュ氏に着いたというわけだ。そんなことは考えるまでもなく明らかじゃないか。そしてホテルでヒルシュ氏の遺体をトランクに押し込み、トランクを駅に運んだ。つまりそういうわけだ、フゴー君！』

こうしてメイズリーク警部がこんなことをやっているあいだに、そのアルメニア人の秘密の手掛かりが発見されました。それはトランクに貼ってあった一枚のベルリンのホテルのステッカーでした――そのことから、そのアルメニア人はチップをたっぷり弾《はず》んだことがわかります。いいですか、こういったホテルのポーターはそれらのステッカーによって『このお客からはチップを弾んでもらえるぞ』という信号を世界中に送っているのです。ですから、このアルメニア人はかなり気前よくチップを払ったので、ベルリンのポーターはその男のことをよく覚えていました。名前はマザニアンと言い、たぶんプラハ経由でウィーンに行ったようです。しかし、彼をつかまえたのはブカレストででした。そこで拘留中に首をくくりました。

なぜヒルシュ氏を殺したかは、誰にもわかりません。たぶん、ヒルシュ氏がイスタンブールにいたころから商売上の対立があったのでしょう。

しかし、この話からわかることは、商売においていちばん大切なことは信用だということですね。もし、そのアルメニア人が安物のアリニン染料などで染めたのではなく、ちゃんとした絨毯を商っていたら、ヒルシュ氏を殺したとしても、こんなに早く露見することはなかったはずです、いかがです。それにしても、質の悪い品物を売るということは、けっしていい結果にはなりませんね」

タウシッヒ氏は考え深げに話を終わった。

不眠症の男

「いま、ここで、ドレジャル氏の暗号解読の話を聞いているうちに」と、続けてカフカ氏が話しはじめた。「私は同僚のムシル君にたいしてしてしまった、あることを思い出しましたよ。彼、そのムシルは非常に教養もあり、頭の切れる人物でした。彼は、すべての事象のなかに問題点を見いだし、その問題にたいする自分の立場をつねに探し求めるというような、そんな典型的なインテリでした。たとえば、彼は自分の奥さんにたいしても立場をもっていました。ですから、彼は結婚生活のなかに生きているのではなく、結婚生活の問題点のなかに生きていたのです。その上、社会問題、セックスの問題、潜在意識の問題、教育の問題、現代文化の危機の問題、そのほか多くのさまざまな問題について、それなりの見識をもっていました。

このようにいたるところに問題点を発見する人びとは、原理をもっている人びとと同様に鼻持ちならないものを感じます。私は問題なんてものは嫌いです。私にとっては卵は卵でいいのです。ですから、もし、誰かが卵の問題点について話しはじめたら、私は卵が腐っているのかと思って、びっくりするでしょう。いや、これはムシルという男がどんなやつだったかをわかっていただくために一例をあげたにすぎません。

クリスマス前のある日、彼はクルコノシュ山にスキーに行こうと思い立ちました。それで、まだあれこれと買い込まなければならなかったので、『じゃあ、ちょっと出てくるから』と言って、同僚たちにことわって出ていきました。そのとき突然、マンデル博士が訪ねてきて、どうしてもムシル君と話をしなければならないんだと言いました。——このマンデル博士という人は、みなさんもご存じでしょう、あの有名な出版者で、かなりの変人だということでも通っている人物です。

『ムシルはいま、ここにはいません』と私は言いました。『でも、たぶん、山へ出発する前にもう一度ここに戻ってくるはずですから、ここでお待ちになったらいかがです』

マンデル博士は顔を曇らせて言いました。

『わたしは待っているわけにはいかんのですよ。じゃあ、用件の内容をメモに書いておきます』それから机にむかって伝言を書きました。

ところが、このマンデル博士の筆跡といったらひどいもので、これ以上にわかりづらい文字は、きっと、みなさんもご覧になったことはないと思いますね。それは地震計の針が記録紙に描くギザギザの線のようにも見えました——すごく長い線や切れ切れの水平の線が引いてあり、その線はところどころ波打っていたり、とんがった先が上のほうに飛び上がったりしています。私はその字の癖がよくわかりました。博士の手が紙の上をすべっていくのをちょっと覗き見しただけですがね。その瞬間、マンデル博士は顔をしかめて、いらいらしながらその紙をくしゃくしゃに丸めて屑籠のなかに放り込み、不機嫌につぶやきました。

『こいつはちょっと長くなりすぎる。こんなもの、もういい』

ご存じのように、クリスマスの前というのは、誰もが、もう、むずかしい仕事などしたくはありませんよね。それで私は自分の机の前にすわって、面白半分に、さっき見たマンデル博士の筆跡をまねて地震計の針のギザギザ文字を書きはじめました。長い波うつ線や、ところどころ上にはねたり下のほうを指した線を思いつくままに書いたのです。しばらくその線を眺めて楽しんだあと、そのいたずら書きした紙をムシルの机の上に置きました。そのときムシルが山登りの装具を身につけ、肩にはスキーとスティクをかついでドアロに勢いよく現われたのです。

『さあ、おれは行ってくるぞ』ドアロで陽気に叫びました。

『ここに誰かが来て、君を探していたよ』私は無関心に言いました。『そこに手紙を置いていった。すごく大事な用件らしいぞ』

『どれどれ』ムシルはうれしそうに言いました。『やっ、これは——』彼は私の作品を前にして呆然と立ちすくんでいました。『これがマンデル博士からの手紙か、ぼくに何を言おうとしているんだろう?』

『そんなこと知るもんか』私は無愛想に言い返しました。『すごく急いでいたようだったな。でも、ぼくはそんな字、判読したいとも思わないな』

『ぼくなら博士のなぐり書きだって読めるよ』ムシルはたいして考えもせずに断言しました。スキーとステッキを立てかけると、自分の机にむかってすわりました。

『ふーむ』しばらく解読しようとしていましたが、やがて、だんだんと深刻な表情になってきました。三十分ほどのあいだ、墓場のなかのような静かさでした。

『最初の二文字はこれでいいんじゃないかな』ついにムシルは立ち上がりながら、ため息をつきました。『それはね〝親愛なる、わが〟だ。でも、いまはもう急がなくちゃ列車に乗り遅れる。この手紙は山に持っていこう。列車のなかでも解読できなかったら、きっと悪魔がじゃまをしているんだ!』

年が明けてからムシルはスキー旅行から帰ってきました。

『どうだい、楽しかったかい?』私は声をかけました。『ねえ、ムシル君、いまは、山の上の景色もずいぶん美しかっただろうね?』

ムシルはただ手を振っただけで、『知らない』と言いました。『正直のところ、ぼくは山にいた間じゅう、ホテルの部屋に閉じこもりっきりさ。一歩も外に出なかったよ。人の話じゃ上のほうは素晴らしかったそうだよ』

『どういうこと?』私は同情するように言いました。『まさか、病気でもしたのかい?』

『そんなんじゃないよ』ムシルはわざとらしい慇懃《いんぎん》さを装いながら話しました。『ただ、ぼくはその間じゅう、マンデル博士の手紙の解読をしていたんだ。その結果を教えてあげようか、ぼくだって〝あいつ〟を解読したぜ!』〈いたずらをした人間が誰かもわかったぞ、という意味がふくまれている〉彼は勝ち誇ったように宣言しました。『ただ、二つか三つ、いまのところわからない言葉があるんだ。一晩中あの手紙とにらめっこしていた――ぼくはこの文章を解読してやると決心したんだ。そして、ついにやったよ』

正直のところ、そのとき、私にはその手紙は、ぼくのただのいたずら書きだったんだと告白する勇気がありませんでした。

『それで、その書かれたことって重要だったのかい?』私は無関心を装ってたずねました。

『苦労した甲斐《かい》があったの?』

『そんなことは問題じゃないよ』ムシルは誇らしげに答えました。『いま、ぼくはその手紙を筆跡学的な問題として興味を覚えはじめたんだ。マンデル博士はあの手紙のなかで、博士が編集する雑誌に二週間以内に原稿を書いてくれというつもりだったんだ――解読できなかったのは、まさに、その部分だったというわけさ』

それから、私に山での休暇を楽しく過ごすようにと、挨拶の言葉を述べました。

このエピソード自体は、実に、たわいもない話なのですが、でもね、何かの解決というのはね、みなさん、純粋に方法論の問題なのですよ——これほど人間の精神を鍛《きた》えるものはほかにありません。それだからこそ、あの何日間かの昼夜を通しての苦労も無駄ではなかったのです」

「そんないたずらをなさるなんて」パウルス氏がとがめるような口ぶりで言いました。「何日間かの不眠不休の努力が無駄になったわけだ。それにしても、夜、眠らなかったというのは大きな損失ですよ。だって、みなさん、睡眠はね、単なる体の休息ではないんですからね。眠りは、なんというか、浄化みたいなものであり、過去の日々からの解放でもあるのです。眠りはある種の恵みです。ですから、ぐっすり眠ったあとの数分間は、誰の心も、まるで幼子のように清潔で、純粋なはずです。

わたしにはそれがよくわかります。どうしてって、わたしは一時、眠りを失ってしまったことがあるからです。それはたぶん乱脈な生活の結果だったのか、それとも、わたしのなかの何かが狂ったからかもしれませんがね、わたしにもわかりません。でも、ある晩、ベッドのなかにもぐり込むやいなや、目の奥に眠りをさまたげる、何というか、むずかゆさを感じたのです。しかも、わたしのなかの何かが目蓋《まぶた》を引っぱって閉じさせないのです。こんなことは初めてです。わたしは何時間も横になり、朝の光が射してくるまで、目を開けたまま、じっと闇を見つめていました。この状態はまる一年続きました。眠りのない一年がです。

人間がこんな具合に眠ることができなかったら、どうするか。まず最初に何も考えないようにします。ですから、数をかぞえたり、祈りの文句を唱えたりするのです。突然、彼は思い出します、なんてことだ、おれは昨日、あれとあれをするのを忘れていた！　それから、また、彼はふと気がつきます。そうだ、あの店で支払いをするとき、もしかしたらおれ、ごまかされていたんじゃないのかな？　そういえば、つい、この前のことだ、妻だったか、友人だったかが何か妙な返事の仕方をしたなと、こんどは、そんな記憶がよみがえってきます。

そうこうするうちに、どこかの家具がミシッという音を立てます。彼は泥棒かなと思い、恐ろしさと、そんなたわいもない音に恐れる自分に恥ずかしくなって体中が熱くなります。そんな恐怖のなかで、こんどは、自分の健康のことが気になりだします。自分が腎炎か癌について知っていることを思いめぐらすと、また恐くなって、汗がにじんできます。

すると、突然、こんどは二十年前にしでかした、いま考えても冷汗がでそうな愚行の記憶です。こんな偏屈《へんくつ》で、頑固で、救いがたい〝自分〟の弱点、生来の野蛮さ、醜悪さ、持病、違法行為、愚かさ、屈辱、苦悩、そういった自分のなかでは、もう、とっくの昔に時効になったようなものが一歩、足を前に踏み出すたびに次々に立ち現われてくるのです。過去に体験した苦く、痛く、悔しい思いのすべてが、彼のところに戻ってくる。眠ることのできない者にたいして何の容赦《ようしゃ》もありません。

あなたの世界全体がゆがめられ、苦しい展望が見えてきます。あなたがすでに完全に忘れていた記憶までが、一言おれにも言わせろといわんばかりのしかめっ面をしてしゃしゃり出てきます。『おい、この頓馬野郎、あのころの貴様もずいぶんとだらしなかったな。おまえが十四のとき、初恋の娘にデートをすっぽかされたこと覚えているか？　知らなきゃ言って聞かせてやろう、あのころあの娘は別のボーイフレンドが気に入っていたんだ、おまえの友達のヴォイチェフさ。二人でおまえのこと笑ってたんだぞ！　阿呆、頓馬の大間抜け！』するとその男は熱くなったベッドのなかで、体をまるくして縮こまり、なんとか言いくるめようとします。

『ちきしょう、そんなもん、もうとっくにないも同然さ！　あったことは、今はない、それだけさ！』

言っておきますがね、みなさん、それはね、嘘っぱちです。あったことのすべては、今も在るのです。もう、とっくに忘れてしまったことだって、あなたの人生にずっと一緒にくっついてきているのです。ですからね、記憶というのは死後も続くと、わたしは判断しています。

みなさんは、わたしのことをどの程度ご存じなのでしょうね？　たぶん、ほんの少しでしょう。でも、わたしが気むずかし屋だとかヒポコンデリーだとか、なにかしら不平ばかりもらしているとか、先のことにくよくよしているとか、小心者だとか、人間嫌いだとか、ぼやき屋だとか、泣きべそだとか、〝何でも反対〟屋だとか、ペシミストだとは思っていらっしゃいませんよね。

わたしは生活も人間も自分自身も愛しています。わたしは気が狂ったように、何にでも飛び込んでいきます。何にでも夢中になります。要するに、善くも悪くも男が男である所以《ゆえん》たるところの雑駁《ざっぱく》なものも、すべて備えています。わたしが不眠症で眠れなくなっていたあのころでさえ、わたしは日中は自分を駆り立て、元気に飛びまわり、次々に仕事をこなしていたのです。ですから、よく仕事のできる男という評判をほしいままにしていました。

でも、夜、ベッドに入るやいなや不眠の夜がはじまるのです。わたしの生活は二つに分裂してしまいました。一方には己の才気とエネルギーと大きな幸運に恵まれて順風満帆の、活動的で、充実し、自信満々の健康な若者がいます。そして、ここのベッドのなかには、自分の全生涯をかえりみて、失敗と恥と、汚さと卑屈さを念頭に浮かべながら恐怖する、くたびれ果てた人間が横たわっていたのです。わたしは相互にほとんど関係のない、そしてまったく似ても似つかぬ二つの人生を生きていたのです。

片方の日中の生活は、成功と活動と人間関係と信頼、仕事上の障害（それを乗り越えるのも楽しみだ）、そういった正常な駆け引きによって構成されています。この昼間の生活はわたしなりに幸せでしたし、自分でも満足していました。

しかし夜には苦痛と不安から撚《よ》り合わされたもう一つの生活——何ひとつ成功しなかった人間の、みんなに裏切られた人間の、そして自分自身もまた、みんなの機嫌をそこなうような言動をしたり、優柔不断であったり、頓馬なことをした人間の、すべてをだまし取られた人間の、みんなに憎まれ、あざむかれた悲劇的なうすのろ男の、勝負に負け、恥に恥の上塗りを続ける弱虫の生活——が待ちかまえているのです。

この各々の生活はそれぞれに一貫した連続性をもち、一つの全体を形成していました。わたしがその一方にいるとき、もう一つの生活は誰か別人のものであるような、自分にはかかわりないか、ただ関係がありそうに見えるだけなのだという気がしたのです。つまり、それは自己欺瞞であり、病的な幻覚だと——。

わたしは昼間は愛情に満ちています。夜になると、猜疑心《さいぎしん》と憎悪にさいなまれるのです。昼間はわれわれ人間の世界を実感し、夜には自分自身を実感します。自分自身について思索する者は世界を失います。

ですから、わたしには、眠りは暗くて深い水のようなものに思えるのです。その水のなかで、われわれの知らないもの、知らなくてもよいもののすべてが流れ去っていきます。あなた方のなかに堆積《たいせき》しているこの奇妙な沈殿物は、岸のない無意識のほうへ流れだし、無意識のなかに吸い込まれていくのです。わたしたちの弱さも臆病《おくびょう》も、わたしたちの日常的に犯す屈辱的な過ちも、われながらいまいましく思い返される愚行や失敗、愛する女性の目に映る一瞬の偽りや嫌悪の色、わたしたちに帰せられる罪も、他人がわたしたちにたいしておこなった罪も、それらのすべてが、音もなく静かに、どこか、わたしたちの意識の手の届かない彼方へ流れ去ってていくのです。眠りは無限の慈悲です。わたしたちも、わたしたちにたいする罪人も許してくれます。

そして最後にあなた方に言っておきたいことがあります。わたしたちが、〝私たちの人生〟と呼んでいるもの、それはわたしたちが生きてきた人生のすべてではありません。それは選ばれたほんの一握りのものにすぎません。わたしたちはあまりにも多くのものを生きてきました。それはわたしたちの理性ではとうてい太刀打ちできないほどの多さなのです。ですから、わたしたちは自分に見合ったものだけを、あれこれと選んで、それで、何となく辻褄《つじつま》の合った物語をこさえあげ、その完成品を自分の人生と呼んでいるわけです。しかし、その際、選ばれなかった人生の残り滓《かす》は放りっぱなしです。醜い、いやなものも無視します。いやはや、それにしても、もし人間がそれらのものを意識のなかに全部貯め込んでいったら、いったい、どうなると思います?

わたしたちはね、みなさん、単純な一つの人生しか生きることができないんです。たくさんの人生を生きるのはわたしたちの手に余ります。もし、わたしたちが人生の大部分を途中で失わなかったら、人生を生き続ける力はとうてい持ちえなかったでしょう」

引越し業

「――本当ですとも、技術的にそれをどう実行すればいいのか、いまのところわたしにもわかりません。しかし、技術的な問題は、しかるべき利益を約束するいいアイディアがあれば常に解決するものです。そこで、わたしのアイディアですがね、なんの支障もなく実行に移すための、なんらかの詳細な方法を発見するのをどなたかが援助して下さりさえすれば、確実に利益を得ることのできるものなのです。しかも、なんというか、そのあとは自動的に進行するのです。

もう少し、わかりやすくご説明しましょう――いいですか、たとえばあなたが住んでおられる町がどうも気に入らないとします。たぶんチョコレート工場から匂いが漂ってくるとか、またはそこは騒々しくて、夜も眠れないとか、または、なんだか環境が悪いとか、まあ、わたしにはわかりませんが、要するに、どうもおれ向きではないなと、あるときお感じになったというわけです。こんな場合、あなたはどうなさいます？　別の町に住居をお選びになり、引越し用のトラックを呼んで、新しいお住まいにお引越しになる、ですよね？　ことはまったく単純です。どんないいアイディアも、もとをただせば、じつに簡単明瞭、単純明快なものなのです。

それでは、今度は、あなた、または、誰かほかのひとにとって今世紀は気に入らないと自分に言ったと思ってください。このような人は静かさと落ち着きが好きなのです。毎日、新聞で戦争が起こっているとか、戦争が起こりそうだ、あるいは、どこかで誰かが処刑されたとか、あそこでは何百、何千という人たちがお互いに殺しあっているという記事を読むと、吐き気をもよおす人たちがいます。

こんなのは神経にさわります。そんなのには堪えられない人もいるはずです。また、ある人は毎日のように世界中で暴力沙汰が起こっているのがいやな人もいるはずです。そして思うでしょう、わたしはどうしてこんなものを見なきゃならんのだと。わたしはここでは文明化した、平和な、家庭的な人間なのだ。子供もいる。わたしは子供たちがこんな異常な、しかも、なんというか、腐敗した、危険な世界で成長してもらいたくないのだ、だろう？

ねえ、みなさん、このような人たちがたくさんいるんですよ。そんなふうに考えると、実際、人間は、いまの世界で、確かなものは何ももっていないということになります。生活だって、職業だって、お金だって、それどころかこの家族だって確かではないのです。いまさら言っても仕方ないことですが、もっと以前に、世界には確かなものがもっとたくさんあってもよかったのです。

　要するに現代という時代が気に入らないという、正常で、真っ当な人がいるということです。そしてある人たちは鼻も向けたくないような、もっと不潔で暴力の横行する街に住むことを強いられているかのように、このことですでに幻滅し、絶望しています。どんな助け舟があるというんです。そんなものありゃしません。あるのは逃亡者の生活があるだけです。

　そこで、みなさん、わたしがそこにやってきて、このような人たちの手に、わたしの企業の展望を書いたパンフレットを押しつけたらどうでしょう。

「あなたは二十世紀がお嫌ですか？」

「じゃあ、わたしのところへお越しください！　あなたを、この目的にあわせて作った特製の引越し用乗り物で過去のどの世紀にでも運んでさしあげます！　けっして一時的旅行ではなくて、定住です！　あなたにとって住み心地のよさそうな世紀を選んでください。そしたらわたくしが特別仕立ての引越し用乗り物で猛スピードで安く、安全に、あなたのご家族を、その他の所帯道具ともどもお運びいたします！　わたしの乗り物は三百年の範囲内でどこへでも、あなたがたを運搬することができます。しかし、わたしどもは移動半径二千年ないし三千年を容易に越えられる乗り物を準備中であります。また、いかなる時代距離についても一キログラムの荷物につき、幾らかの料金はかかります——」

それがいくらかかるものやら、現在のところわたしにもわかりません。というのは、わたしは時間のなかを移動できるその乗り物をまだもっていないからです。でも、ご心配には及びません。そんなものはもう発明されたようなものです。鉛筆を手に取り、それでどれだけ稼げるかを計算すればいいのです。この馬鹿げた乗り物以外は、十分に考え抜かれた企業組織を、わたくしはすでにもっているのです。

たとえば、ある紳士がこのクソいまいましい世紀からどこかへ出て行きたいと、わたくしどものところへおいでになったとします。そしておっしゃいます、もううんざりだ、毒ガス戦争、軍備、ファシズム、それに何もかもがうんざりで、もう、へどが出そうだ。わたしは、彼が言いたい放題、悪態をつきたいだけつかせておきます。そして、やがて「ねえ、あなた」と言って、わたしは彼に見せます。

「よろしければ、どうぞお選びください、ここにいろいろな世紀の展望が書いてあります。たとえば、これ、十九世紀です。教育の時代、おだやかな弾圧、節度をもって行なわれた小規模な戦争、学問の目覚しい開花、経済発展への恵まれた機会。わたくしがとくにお勧めしますのは、その深い静けさと、人民にたいする十分ヒューマニスティックな対応のゆえに、いわゆるバッハ体制時代です。または十八世紀――精神的価値と自由思想に関心をお持ちの方、とりわけ何らかの勲位や称号をお持ちの思想家や知識人の方にお勧めです。

それとも、よろしければ、ここで西暦六世紀をごらんになるのはいかがでしょう。たしかに当時はフン族が猛威を振るっておりましたが、森の奥深くに隠れさえすれば、田園的生活、オゾンをたっぷりふくんだ空気、魚釣りやその他のスポーツも楽しめます。

それとも、いわゆるキリスト教徒の迫害――比較的文明化した時代でした。親密な地下墓所《カタコンベ》、特筆すべき宗教、また、その他の寛容、強制収容所なんてとんでもないこと、などなどです。

要するに、二十世紀のこんな人たちが、もっと自由に人間的に生きられるどれか別の時代を選ばなかったら、そして、もし、むしろ旧石器時代にまで移りたいのですが、値引きしていただけませんかとかなんとか言わなかったとしたら、わたしはきっと不思議に思うでしょうね。でも、わたしは頑として言うでしょう。残念ながらわたくしどもでは、定価販売しかしておりません、ここに原始時代への引越しのための申込み用紙がありますからごらん下さい。わたくしどもはその時代への大事なお客様を団体としてのみお運びいたします。その際、手荷物は二ポンドのみ頭の上に載せて乗車することができます。

旧石器時代へ出発する車両の、もっとも早い空席は来年の三月十三日でございます。ご希望でしたら、わたしどもは今のうちに席をリザーヴしておきますが――

どうです、こんなのは。素晴らしい商売じゃありませんか。わたしは三十台の移送車と集団移送のための乗合バス六台で早速、すぐにもはじめたいくらいですよ。この事業をはじめるにあたって、わたしに不足なものはありませんがね、ただねえ、時間のなかを移動できる車だけがないのですよ。でも、そんなものすぐに誰かが発明します。

きっと今日か明日には、あえて申しておきますが、われわれの教養ある世界には、この乗り物が生活に不可欠なものとなるでしょう。

(LN, 1936.10.25)

女占い師

ひと通りの常識をわきまえた人なら、誰もが、そんなこと、わが国ではあるはずがない、それどころかフランスでも、ドイツでさえも。なぜならこれらの国々では、一般にも知られているように、裁判官は罪人を法律の条文に照らして裁かなければならないからです。でも、決して自分の明晰な頭脳や良心によってではありません。

ところが、この物語のなかには、法律の条文とは無関係な判決を下す裁判官が登場し、健全な人間の理性にもとづく判決を出し、そこからイギリス以外にはありえないような事件が次々と起こってくるのです。ですから、確かにロンドンで起こった、より正確にはケンジントンですが、ちょっと待った、それはブロンプトンかベイズウォーターかだ、要するにその辺のどこかの裁判所です。その裁判長はケリーと言いましたが、そのご夫人の方はまったく単純にマイエルソヴァーと呼ばれていました。つまり、エディット・マイエルソヴァー夫人です。

そこで、いいですか、この一方では非の打ち所もない尊敬に値するご夫人が警察署長マック・レアリーの注意を引いたのです。ある晩、マック・レアリー氏は自分の奥さんに言いました。「なあ、おまえ、あのミセス・マイエルソヴァーが、わしの頭から消えなくなったのだよ。ああいう女性はいったい何を食って生きているのか知りたいもんだな。思っても見てくれ、今は二月だ。それなのに女中にアスパラガスを買いに行かせているんだ。ほかにも確かめたことがある。彼女は毎日、十二人から二十人の客人の訪問を受けている、食料品屋から公爵夫人までだ。わしもうすうす感じておるんだがな、あの女はきっと占い師だぞ、どうだ、そう思わんか？　よかろう、だがな、女占い師というのはほかの何かから、たとえば、やり手婆からか、スパイからか、その正体をかくす隠れ蓑にすぎんのかも。待ってろ、今に正体を暴いてみせる」

「いいわ、ボブ」賢明なマック・レアリー夫人は言いました。「そのことだったら、わたくしにまかせてちょうだい」

その結果、事は次のように展開します。それから数日たってから、マック・レアリー夫人は、もちろん結婚指輪ははずし、そのかわり、すごく若作りの衣装を着て、頭は小娘のように結い上げた。ほんとうはこんな悪ふざけをする歳でもないのに、こわごわと、ベイズウォーターだかマリーレボンだかのマイエルス（マイエルソヴァー）夫人の家のドア・ベルを鳴らしました。

でも、マイエルソヴァー夫人が彼女を家のなかに招き入れてくれるまでには、しばらく待たねばなりません。

「おかけなさい、かわいいお嬢ちゃん」その年配のマダムは、きわめて念入りに恥じらう訪問者を観察してから、言った。「どんなことを、お答えしたらいいのかしら?」

「わたくし」マック・レアリー夫人はどもりどもり言った。「わたくし……あなたに言っていただきたいのです……わたくし、明日、二十回目の誕生日を迎えますの。ですから、わたくしの未来がどうなるかすごく知りたいのです」

「でも、お嬢ちゃん……、お名前は?」マイエルソヴァー夫人はたずねて、カードの束をつかむと、エネルギッシュにカードを切りはじめた。

「ヨネソヴァーです」マック・レアリー夫人はため息混じりに言った。

「親愛なるお嬢ちゃん」マイエルソヴァー夫人は続けた。「あなた、勘違いしていらっしゃるのかもね。あたしはね、トランプ占いをあちこちでやっていますけどね、どんなお婆さんとも同じように友情からやっていますのよ。そうでなければいたしません。さあ、それじゃあ、左手でカードを集めて、五つの山を作ってください。それでいいわ。ときには気晴らしにカードを並べることはあるけど、それ以外にはいたしません――おや」最初の山を表に向けながら言った。「ダイヤだわ。これはお金を意味します。それからハートのジャック。これはすばらしいカードだわ」

「まあ」マック・レアリー夫人は言いました。「それから何がありますか?」

「ダイヤのジャック」二つ目の山を開きながら言いました。「クローバーのテン、これは旅行を意味します。でも、ここ」マイエルソヴァー夫人は叫び声を上げました。「スペードだわ。スペードはいつも妨害します。でも、最後にはハートのクイーンがあります」

「それはどういう意味です?」マック・レアリー夫人は目をできるだけ大きく見開いてたずねました。

「またダイヤだ」マイエルソヴァー夫人は第三の山を開きながら考え深げに言いました。「かわいいお嬢ちゃん。あなたを大金が待っていますわよ。でも、あなたか、あなたに身近な人が大旅行されるか、どうか、わたしにもまだわかりませんわ」

「わたし、サウザンプトンの叔母のところへ行くことになっています」マック・レアリー夫人は告げました。

「それは大旅行になりそうです」マイエルソヴァー夫人は四番目の山を開きながら言いました。誰かが、誰か年配の男性が、あなたに反対するでしょう――」

「たぶん父ですわ」マック・レアリー夫人は声を大きくして言いました。

「その答えはここにあります」マイエルソヴァー夫人は第五の山に向かって重々しく言いました。「親愛なるヨネソヴァーお嬢ちゃん、ここに並んだのは、わたしがこれまで見たこともないような、最高にすばらしいカードです。一年以内にあなた方は結婚式を挙げます。すごくすごく大金持ちの青年です。たぶん億万長者です。それとも実業家か、それというのもたくさんの旅行をするからです。しかし一緒になれるまでには大きな障害に打ち勝たねばなりません。ある年配の男性があなたの妨げになっているのです。でも、あなたは耐えなければなりません。あなた方が結婚されたら、ここから遠い、たぶん海を渡ったところへ移住されることになるでしょう。それでは、貧しい黒人たちの間で布教を続けるために一ギニー頂きます」

「わたくし、あなたさまに、深く感謝いたしております」マック・レアリー夫人は言いながら、財布から一リーブルと一シリングを取り出して、「とても、とても有り難うございました！どうか、マイエルソヴァーさま、その障害がなければ、どうなるのでございましょう？」

「カードに買収は利きません」老婦人は威厳を正して言いました。「あなたのお父上は何をなさっている方なのですか？」

「警察に勤めております」無邪気な顔をして若い夫人は嘘をつきました。「ご存じですか、秘密警察ですの」

「ああ」老婦人は言い、カードの山の中から三枚のカードを引き抜いた。「これは変だわ、すごく変よ。お父さんにおっしゃい、すごい危険が迫っているって。もっとよくわかるように私の所に来るように、伝えてちょうだい。わたしのところにはね、スコットランド・ヤードからもたくさんの人がカード占いをしてくれって来るのよ。その人たちはね、あたしに、心につかえているものをみんな話すわ。だから、ね、お父さんに伝えなさい。警察の部署にいるんですって、あなた言ったわよね？　ミスター・ジョーンズ？　あたしが待っているって伝えてちょうだい。じゃあ、これで、親愛なるヨネソヴァーお嬢ちゃん。次の方、どうぞ！」

「わしにはどうも気に入らんなあ」マック・レアリー氏は首筋のあたりをかきながら、思案して言った。「どうも、わしには気に入らんな、ケイト。あの女はあまりにもお前の父上に興味をもちすぎだ。それに、名前からして彼女はマイエルソヴァーではなく、マイエルホーフェロヴァー。出はリューベック。くそいまいましいドイツ女だ」マック・レアリー氏はうなった。「いったい、どうすりゃ、あの雌馬の尻尾をつかめるのだろう？　賭けてもいい、あの女、自分には何の利益にもならんことを、いろんな人から聞き出しているんだ。よしっ、わしはこのことを上司に報告する」

マック・レアリー氏は本当に上司に報告しました。驚いたことに、上司はこの問題を軽くは見ませんでした。そこで、この畏敬《いけい》措くにあたわざるマイエルソヴァー夫人がケリー判事のもとに召喚されることになったのです。

「さて、マイエルソヴァー夫人」判事殿は話しはじめました。「そもそも、あなたのトランプ占いと何の関係があるのかね？」

「あーら、驚いた。判事さんまでが」老婦人が驚きの声を発しました。「人間は何かして食い扶持《ぶち》を稼がなければなりませんわ。あたしのこの歳では、寄席に出てダンスを踊るってわけにもいきませんしね」

「ふむ」ケリー判事は言いました。「しかし、そこに、あんたがトランプでいい加減な占いをしたという訴えが来ておるんだがね。なあ、マイエルソヴァーさん。そんなことは泥で作った板切れをチョコレートだといって売るようなもんだ。人は一ギニーにたいして正しい占いを得る権利がある。だがね、出来もしないのに、どうしてそんな占いをするのかね?」

「苦情を言わない人もいますよ」老夫人は言い返した。「いいですか、わたしはね、お客さんたちが気に入るようなことしか占いません。その喜びはね、裁判長様、その何シリングに値するものです。しかも、時には当たることもあるのです。『マイエルソヴァーさん』と、そのなかの、どこかの奥さんが呼びかけてきました。『いままで、かつて、あなたのように上手にトランプを読み解いて、いいご忠告を下さった方はありませんでしたよ』ですって。そのご夫人は聖ジョーンの森に住んでおられて、ご主人と離婚なさっているそうですよ」

「ちょっと待った」裁判長は彼女の話を途中で止めた。「ここに、われわれはあなたにたいして反論する証人を呼んであります。マック・レアリー夫人、そのトランプ占いがどんなものであったかご説明ねがいます」

「マイエルソヴァー夫人はカードからわたしに解読して下さいました」マック・レアリー夫人はすぐに話しはじめました。「そして一年以内に結婚するだろうと。それはもっとお金持ちの青年で、その男と海の向こうに移住するだろう――と」

「それにしても、どうして、また海の向こうなんです？」裁判長はたずねました。

「どうしてかって、だって、二つ目のカードの山に〝三つ葉の10〟があったからですよ。それは旅行を意味すると言われています」マイエルソヴァー夫人は言いました。

「ナンセンスだ」裁判長殿はうなり声を上げました。「〝三つ葉の10〟は希望を意味している。旅行などというのは三つ葉の最低位だ。それにダイヤの7が一緒だと大旅行、そこからちょっとした儲け話が顔を覗かせている。マイエルソヴァーさん、わたしをたぶらかそうとしてもだめですよ。それに、あなたはその証人に、一年以内に裕福な若者と結婚式を挙げると予言した。ところがそのマック・レアリー夫人は優秀な警察署長のマック・レアリーと結婚して三年になる。マイエルソヴァー夫人、この矛盾をどうか説明して頂けませんか？」

「へえ、そうですか」老婦人は落ち着き払って言いました。「それは、いま、起ころうとしているところですわ。この方はわたしの所にいらしたとき、服装はとても軽率でしたわ。だって、左手の指先に毛糸のほつれが見えましたもの。だから、お金の余裕がないのだな、でも、人さまの前では格好よく振る舞いたい。彼女は二十歳と言いましたが、なんの、本当は二十五歳――」

「二十四歳だわ」マック・レアリー夫人はとっさに言い返しました。

「たいした違いじゃないわよ。ですからね、彼女は結婚をしたかったんでしょうね――要するに自分のことを、おぼこ娘として売り込みたかったんでしょう。だから彼女に結婚と金持ちの花婿《はなむこ》のことを話してやったのです。そうすることが、わたしには一番いいような気がしたのです」

「まあ、なんてこと。じゃあ、あの年配の男と海の向こうへの旅は?」マック・レアリー夫人はたずねました。

「話をたくさんするためよ」マイエルソヴァー夫人はあっさり言った。「一ギニーにたいして、たくさんの話が聞きたいに違いありませんからね」

「じゃあ、もうよろしい」裁判長は言いました。「マイエルソヴァーさん、そんなのなんの役にも立ちはせん。そんなふうなトランプ占いは詐欺だ。カードのことをよく知らなくてはならない。いろんな方式があるのは確かだが、覚えておくといい、クラブのテンは決して旅行などを意味しない。ありもしない話をでっち上げたり、無価値なものを売り捌《さば》いたりする者たちと同じように、罰金、五十ポンドを払いなさい。あんたには、いいかね、マイエルソヴァーさん、ほかにスパイの嫌疑もかけられておる。しかしあんたはそのことにかんしては白状なさらんじゃろうと、わたしは思う」

「神様に誓って、わたしは潔白です」マイエルソヴァー夫人は大声で叫んだ。しかしケリー判事は彼女をさえぎった。

「わかった、わかった、そのことには触れないでおこう。しかし、ちゃんとしたまともな職業を持ってもいない外国人女性だからな、検察局はその権威によって、あんたを国外に追放にするだろうよ。それじゃマイエルソヴァーさん、ご機嫌よう。マック・レアリー夫人、ご協力に感謝いたします。しかし、あんたに言っておくがな、このような嘘っぱちのカードの説明は非情で非良心的な行為ですぞ。ようくこのことを覚えておくことだな、マイエルソヴァー夫人」

「わたしゃ、どうすりゃいいんだろうね」老女はため息をもらしました。「ちょうど生活の糧も得られそうになりはじめた矢先に――」


それから一年ほどたってからケリー判事はマック・レアリー署長に会いました。

「いい天気だね」と親しみを込めて声をかけました。「それはそうと、マック・レアリー夫人はお元気ですかな?」

マック・レアリー氏は顔を曇らせました。

「要するに……ケリー判事」ちょっとした戸惑いを見せながら言った。「彼女、マック・レアリー夫人は……、わたしたちは、つまり、離婚したのです」

「まあ、なんですと」判事殿は唖然としました。「あんなに若くて美しい奥さんだったのに!」

「あれはまさに、そのとおりだったのです」マック・レアリー氏はうなるように言った。「しかも、一人の放蕩息子が、突然、彼女に熱を上げてしまったのです……そりゃあすごい億万長者かメルボルンの商人だったようです……わたしは彼女を守ろうとしましたが……」

マック・レアリー氏は諦めたように手を振りました。

「一週間前に二人そろって、オーストラリアへ行ってしまいました」

赤ちゃん盗難事件

「バルトシェク署長の話が出たもんで」と、クラトフヴィール氏が口を挟んだ。「これも表沙汰にならなかったある事件のことを思い出しましたよ。それはある赤ん坊にまつわる事件なんですがね。

ある日のこと、警察署のバルトシェク署長のところに、すごく若いご婦人――この方は国有地管理委員の一人、ランダ氏とかいう人の奥さんですがね――が駆け込んできたのです。彼女は激しく泣きじゃくり、息も出来ないくらいでしたので、たとえ彼女の鼻が腫れ上がっていて、顔は涙で汚れていたとしても、バルトシェク署長としても同情せずにはいられませんでした。署長は警察官であると同時に、かなり歳をとった独身男だったのですが、それでも警察官として彼なりに精一杯彼女を慰めました。

『それにしても、まあ、なんてことでしょうね、若奥さん』と署長は言いました。『さあ、もうそんなことは打っちゃっておきなさい、きっと、ご主人にしてもあなたの首をへし折るようなことはなさらんでしょう。ぐっすりおやすみになって、そんなことはお忘れなさい。そしたら気分も、また、すっきりしますよ。でも、もし、もっと大騒動になるようだったら、あなたと一緒に、あそこのホフマンが行きますよ。そしてご主人の顎に一発食らわせてやります。でも、奥さん、あなたもご主人の嫉妬の種になるようなことをなさってはだめですよ。じゃ、まあ、そんなところで』

要するに警官というのは、言っておきますが、こんな具合にして家庭内の悲劇を仲裁するんです。しかし、その奥さんはただ首を振るばかり。そして見るのも忍びないほど、泣きの涙にくれるばかりでした。

『ほほう、これは驚いた』とバルトシェク署長はまたもや別の方向から試みた。『それじゃ、ご主人があなたのところから逃げ出されたんですね、そうでしょう！　いいですか、ご主人は、きっと、また戻ってこられますよ。それにしてもひどい方ですなあ。で、悪党のご主人は、あなたがこうまで悲しまれるほどの値打ちのある方でいらっしゃるんですか？』

『しょ、署長さん』若い奥さんは悲しげな声を張り上げました。『そんなんじゃありません、あたし、通りで子供を盗まれたんです！』

『なんですって』署長は疑わしげに言いました。『子供がどうされたですって？　もしかしたら、そのへんに駆けて行ってしまったとか……』

『駆けて行くなんてはずありません』不幸な母親はしゃくり上げました。『だって、ルージェンカはちょうど三ヵ月になったばかりなんですよ！』

『ははあ』バルトシェク署長は、こんな子供がいつから歩き始めるのか見当もつかずに言った。『じゃあ、すみませんが、どうしてあなたのお子さんが盗まれるなんてことがあるんでしょう？』

署長は彼女を静めるために、子供は必ず見つかると、くり返しくり返し約束したあげく、だんだんと、ことの成り行きがつかめてきました。それはこういうことでした。

ご主人のランダ氏はちょうど公用で国有地の視察に出かけて留守だった。そこでランドヴァー夫人は、ルージェンカちゃんにかわいいエプロンを縫ってあげようと思って、生地屋の店のなかでエプロン用の絹地を選んでいたのだが、その間、ルージェンカちゃんを乳母車に寝かせたまま、外の店先に置きっぱなしにしていた。彼女が出てくると、ルージェンカちゃんは乳母車ごといなくなっていた――と、まあ、それだけの話でしたが、たった、それだけの話を泣きじゃくる母親から聞き出すのに半時間はかかってしまいました。

『それではランドヴァーの奥さん』バルトシェク署長は最後に言いました。『それだったら、そんなにご心配には及びませんよ。いいですか、奥さん、いったい誰が子供なんかを盗みますかね？　それよりか、むしろ、どこかの悪ガキがどっかそこらへんに下ろして置いてけぼりにしているんじゃありませんか？　わたしはそんな事件をもう経験ずみですよ。だってね、そんな子供には何の価値もありゃしませんでしょう。だって、ほとんどの場合、売り物にはなりませんからね。でも、乳母車なら価値があります。それに小さな羽布団。羽布団がかけてありませんでしたか？　それにも価値があります。このようなものなら、やはり、盗むに値するでしょう。誰かが盗むとしたら乳母車と羽布団だけだと思いますよ。言わせていただけるなら、それは女性です。だって、乳母車を押している男って、どうもちょっと目立ちますからね。ですから、盗んだのが女なら、その子供もまたどこかで無事にしていますよ』と、そのバルトシェク署長は慰めるように言いました。『だって、その女が子供に何をするっていうんです？　たぶん、今日中にその赤ん坊を見つけて、あなたの所へお届けいたしますよ』若い母親はなげいた『だって、もう、ミルクの時間ですもの！』

『わたしらがその子に飲ませてさし上げますよ』署長は約束しました。『さあ、だからもう、おうちへお帰り下さい』

それから私服の刑事を呼んで、かわいそうな奥さんを家まで送るように命じました。

午後になって署長自身がその若い奥さんの家の呼鈴を鳴らしました。

『やあ、ランドヴァーの奥さん、乳母車はすぐにお持ちしたかったんですが』と彼は報告しました。『いまのところ、その赤ん坊だけがいないのです。わたしどもはある家の前で、乳母車は発見しましたが、空《から》のまま歩道に置きっぱなしになっていました。そこには子供っこ一人いませんでした。一人の奥さんがちょっとオッパイを飲ませますのでといって、その家の管理人のところに来たのですが、そう、そう言って、しばらくして行ってしまったというのです――まったく、ひどい話だ』署長は頭をふりふり言いました。『ですから、その人物はその赤ん坊のほうを盗む意図があったんですな、ただ、それ以外には何もなし。わたしはね、奥さん、もしその人物がそれほどまでにその子が欲しかったんなら、けっして傷つけたり、食ったりはしませんよ。要するに、あなたは心配せずにいられるということ、以上』

『でも、あたしは、あたしのルージェンカを取り戻したいのよ』

ランドヴァー夫人は絶望的に叫びました。

『それでは、奥さん、そのお子さんの写真を見せていただくか、こまかな特徴を教えていただけませんか』署長は事務的に言った。

『だって、署長さん』若い奥さんは泣きながら言った。『赤ちゃんは一年たつまで写真なんか撮っちゃいけないんですよ！　それは縁起のいいことじゃないって。写真なんか撮ると、その後、子供は成長しなくなるって言いますわ――』

『ふむ』署長は言いました。『それでは、せめて、その赤ん坊の特徴だけでも教えてください』

そこで母親はきわめてこと細かに説明しはじめました。それによると『あたしのルージェンカはそおれはそれはきれいな髪をしていて、かわいらしいお鼻、とても澄んだ目、体重は四四九〇グラム、それにつやつやしたお尻、あんよには皺《ひだ》がある』んだそうです。

『どんな皺です？』署長はたずねました。

『それはもう、キスせずにはいられないくらいな』母親は泣き出しました。『それにとっても愛らしい指をしていて、そして、署長さん、ママを見て笑うんですのよ』

『やれやれ、なんてことです、奥さん』バルトシェク署長はうなるように言いました。『それじゃ、その子のことは何にも見分けられませんよ！　何か特別の目印みたいなものはないんですか？』

『赤ちゃんの頭巾の上にピンクのリボンがついていますわ』若い母親は相変わらずすすり泣いていました。『どんな女の赤ちゃんもピンクのリボンをつけていますわ！　どうか、なんとかして、署長さん、あたしのために、あたしのルージェンカを探し出して下さいな』

『それで、歯はどんなですか？』バルトシェク署長はたずねました。

『全然、ありませんわよ、だって、生まれてやっと三ヵ月なんですのよ！　あの子がママを見て、どんなふうに笑うか、あなたに見せて上げたいくらいですわ！』そう言ってランドヴァー夫人は署長の前にひざまずきました。『署長さん、どうか、あの子をを見つけ出すって言って下さい！』

『もちろん、見つけ出しますよ』バルトシェク署長はすっかり戸惑って、ぼそぼそと言いました。『どうか、お立ちになって下さい。そこで、なぜその人物が子供を盗んだかという問題が出てきます。あなた方、母親にとって赤ちゃんにオッパイをあげるということがどういうことか、お教え願えませんか？』

ランドヴァー夫人は大きく目を見開いて署長を凝視しました。

『それはもう、なんといっても、この世の中で一番素晴らしいことですわ』彼女は説明した。『署長さん、どうしてなのかしら、あなた方、男性のなかには母性の感情がぜーんぜんないのですね！』

バルトシェク署長は自分にその点が欠如していることを告白する気にはならなかった。それで、すぐに言った。

『わたしは思うんですがね、こんな赤ん坊を盗むのは、自分の幼い子供をなくしたお母さんだけですよ、別の子供が欲しくてね。おわかりかなあ、それはね、たとえば飲み屋なんかで誰かにあなたの帽子を持っていかれるとしますね、それで、あなたも腹立ちまぎれに、ほかの誰かの帽子を持っていくというような、まあ、そんなようなことです。それで、もう、わたしはその手配をしましたよ。プラハ市内で誰か三ヵ月の子供をなくした者は申し出るようにしました。そしてわたしの部下が見に行くでしょう。おわかりですか？　申し訳ありませんが、あなたの説明では、どうも、うちの連中もあなたのお子さんを識別できそうにありませんのでね』

『でも、あたくしならわかりますわ』ランドヴァー夫人はそう言って、また、すすり上げました。

署長は肩をすくめました。『しかし、それにしても』と彼は考え込みながら言いました。『その女はあなたの赤ん坊を、何らかの物質的利益のために盗んだことは疑いありませんよ、奥さん。愛情から盗むなんてことは極めてまれなことですからね。ほとんどは金のためです。それにしても、なんてことです、もう、そんなにめそめそするのは止めて下さい！　わたしらは全力を尽くすつもりですから』

バルトシェク署長は警察署に戻ってくると、部下たちに言いました。

『おい、みんな、おまえたちのなかで、だれか三月《みつき》の赤ん坊のいるやつはいないか？　いたらその子をわたしの所に連れてきてくれ』

やがて一人の警官の奥さんが一番下の子供を連れてきました。署長はその子供の服を脱がせて、言いました。

『なんだい、こりゃ、ぬれてるじゃないか。なあるほど、頭には毛が生えている。それに襞もある――こいつが鼻か？――それに歯はやっぱりない――すまんが、奥さん、こんな赤ん坊を何によって見分けるのですかね？』

警官夫人はその幼い子を自分のおっぱいのほうへ押しつけました。

『たしかにこれはうちのマニーチュカですよ』彼女は誇らしげに言いました。『あらまあ、おわかりにならないんですか？　この子はお父さんそっくりじゃありませんか』

署長はあいまいにホフマン巡査のほうを見ました。ホフマン巡査は髭《ひげ》もじゃの顔と鼻のあたりにしわを寄せて、自分の子孫に顔をしかめてみせ、太い指でパチッパチッパチッと鳴らせて、『アババー、アババー、アババーバー』とあやしました。

『ふーむ、わたしにはわからん』署長はうなり声を上げました。『その鼻は、わたしにはどうも同じには見えんのだがなあ。しかし、もしかしたらもう少し大きくなるのかなあ。まてよ、わたしは赤ん坊たちがどういうふうに見えるか、公園に行って見てくる。これじゃあ、さっぱりだ。スリやこそ泥なら一目でわかろうというもんだが、こういった類いの産着のなかのちびっこには、まったくお手上げだからな』

一時間ほどして、そのバルトシェク署長はがっかりして戻ってきました。

『おい、ホフマン』署長は言いました。『こいつは驚きだ、こんな赤ん坊っていうのは、みんなおんなじだぞ！　どうやって区別すればいいんだ？　生後三ヵ月、女の赤ちゃん、髪があって、小さな鼻があって、ちっちゃな目をして、足には襞がある。際立った特徴は四九〇〇グラム。これで十分かね？』

『署長』ホフマンがまじめな表情をして言いました。『わたしなら、そんなグラムなんてものはそこに加えません。それくらいの赤ん坊は、ウンチの具合によって重くなったり、軽くなったりします』

『なんてこった』署長は音を上げました。『どうして、わたしがそんなことまで、何もかも知っていなくちゃならんのだ？　赤ん坊なんてわたしらの管轄外だ！　いいかね』

署長はほっとして言いました。

『この事件はだれか別のやつに押しつけよう。たとえば、母子保護協会だ！』

『しかし、わたしたちはこの件を盗難事件として受理していますのでね』と、そのホフマン巡査が異議を唱えました。

『うーむ、それもそうだな』署長はうなった。『しかし、困ったな。もしこれが時計だとか、なんか、こーう、まともなものだったら、わたしらにも、どう手をつければいいかわかるんだがな。けど、きみい、盗まれた赤ちゃんをどうやって探すかなんて、わたしにはさっぱり見当もつかん！』

ちょうどその時、ドアが開き、一人の警官が泣いているランドヴァー夫人を連れてきました。『署長殿』と、彼は報告しました。『この夫人が通りで、ある奥さんの腕から赤ん坊を奪い取ろうとしたのです。そのため大騒動となり、奪い合いとなりました。それでこの夫人を連行いたしました』

『それはまた、どうしたことです、ランドヴァー夫人』署長は言いました。『なんで、そんなことをなさったのです？』

『あれは、あれは、確かに、あたしのルージェンカに違いありませんでしたわ』若い奥さんは嘆きの声を上げました。

『ぜんぜん、ルージェンカちゃんなんかではありませんよ』警官は言いました。『その子供を抱いていた奥さんは、ブデッチュスカー通りに住んでいるロウバロヴァーさんで、その子は三歳になる男の子なのです』

『ほうら、ごらんなさい、お気の毒な奥さん』バルトシェク署長は大声を張り上げました。『もし、この問題でもう一度、わたしたちの邪魔をなさったら、そしたら、わたしたちはこの件から手を引きますからね、よろしいですね？　――ちょっと待った』署長はふと思いつきました。『そのお子さんを何とお呼びになっていらっしゃいました？』

『あたしたち、あの子をルージェンカと……』お母さんは、また激しくすすり上げて続けた。『それからドゥーデンカとも、ディディディちゃん、プンプクリンのお尻ちゃん、かわいいお声のセキレイちゃん、かわいいオベベちゃん、天使ちゃん、パパっ子ちゃん、ママっ子ちゃん、ばっちいちゃん、ちっちゃなお口ちゃん、ルーラルーラちゃん、カブト虫ちゃん、小鳥ちゃん、だいじな宝ちゃんとか――』

『で、その全部を聞きわけるんですか？』署長は驚いてたずねました。

『ええ、みんなわかりますわ』お母さんは涙ながらに断言しました。『それに、署長さん、あたしたちがね、アッパッパッパーとか、バーバーバーとか、チュッチュッチューとかいうと笑うんですのよ』

『そんなもんじゃ、わたしたちには何の手掛かりにもなりませんな』と署長は意見を述べた。

『わたしどもとしては、まったく申し訳ありませんが、ランドヴァーの奥さん、そんな手掛かりでは、われわれはお手上げだと言わざるをえませんな。子供が亡くなったと報告を受けた家庭のなかに、あなたのルージェンカちゃんはおいでになりません。わたしの部下たちが、もう、すべての家庭を訪ねて回りましたがね』

ランドヴァー夫人は体を硬くして前のほうを見ていました、やがて、突如、差してきた希望の光のなかで、激しく言いました。

『署長さん、あたしのルージェンカを見つけてくれた方に一万コルンを差し上げます！　子供の行方を通報してくれた人は、一万コルン受け取ることができる！と懸賞を公表してください』

『あたしには、そんなことできませんよ』バルトシェク署長は疑わしそうに言いました。

『あなたには人間の感情なんてまったくないんですね』若い奥さんは感情を爆発させました。

『ルージェンカのためなら、あたし、世界全部だってあげたいくらいですのよ！』

『そうでしょう、そうでしょう、じゃあ、お好きなように』バルトシェク署長は無愛想にぼそりと言いました。『じゃ、そのことは告知します。でも、ただ一つ、どうかもう金輪際、あたしらの捜査の邪魔をしないでいただきたいですな！』

こいつは厄介な事件だぞ――若い母親が出ていったあと、ドアを閉めるやいなや、署長はため息をつきました。待ってろ、いまに何が起こるか、おれにはわかっているんだからな。

それは本当に起こりました。次の日、三人の探偵がそれぞれ泣き叫ぶ生後三ヵ月の女の赤ちゃんを連れてきました。そして、その一人の探偵は例のピシュトラでした。彼はただ頭をドアのところから覗かせただけで、歯を見せてにやりとしました。

『署長、男の子じゃだめですか？あたしゃ男の子が欲しいんですがね、それも、安く！』

『馬鹿野郎、わしらの事件はそんなに安くはないんだぞ』バルトシェク署長は怒鳴りました。『たっぷり時間をかけて、孤児という孤児をみんな見てまわることになるかもしれんな。まったく手を焼かせる事件だよ』

署長は自分の独身住まいの部屋に帰る道すがらも、『まったく手を焼かせる事件だ』と、腹立ちまぎれにぶつぶつと独り言をもらしていました。『そんな赤ん坊をいますぐ見つけろったって、そんないい方法があるっていうんなら、こっちが教えてもらいたいもんだ』

家につくと、部屋にはおしゃべりで、どうしようもない掃除婦の婆さんが、興奮に顔を輝かせていました。婆さんはお帰りなさいの挨拶も抜きにして言いました。

『ちょっと、こっちへ来て、ご覧なさいよ、署長さん、あなたのブリナを！』

ちょっと説明しておきますと、このバルトシェク署長はエスティッツ氏から純血の雌のボクサー犬ブリナを譲り受けていましたが、どこかのシェパードと恋仲になってしまったというのです。

『旦那さま、わたしにゃ不思議でございますよ。こんなに種類や形がまちまちでも、自分たちが犬だってことはお互いにわかるんでございますねえ。この連中は何を手掛かりにしてダックスフントも犬だってことがわかるんでしょう。だって、人間なら言葉とか宗教がちょっと違うだけで、もう差別されますよね。違いはたったそれだけだっていうのに、お互いに平気で噛みついたり噛みつかれたりするんですからねえ。

それでブリナときたら、そのシェパードの子供を九匹も生んだんですよ。いま子供たちのそばに横になっていますけどね、尻尾を振ったり、そりゃあ、もう、幸せそうににこにこしているんですよ。ちょっと来て、ご覧なさいよ』掃除婦はわがことのようにはしゃぎながら言った。『母親ったら、ほんとに自分の子供を誇りにしているんですねえ。なんて自慢そうにしているんでしょう、この馬鹿犬ちゃんは！　そうですよ、母親というのは、みんなこうですよ！』

バルトシェク署長は考え込み、そして言いました。

『お婆さん、そりゃ、本当か？　母親はみんなそうなのか？』

『そりゃ、当たり前じゃありませんか』掃除婦の婆さんは断言した。『ちょっと試しに、どこかのお母さんに、その子のことを褒《ほ》めてあげてごらんなさいよ！』

『そいつはおもしろい』バルトシェク署長はうなるように言った。『よし、こうなったら、そいつを試してみよう』

こうして、次の日、大プラハ中のお母さんたちはみんな有頂天になっていました。母さんたちは赤ちゃんを乳母車に乗せたり、腕に抱いたりして外に出るやいなや、彼女らのそばには、すぐに制服の警官か山高帽をかぶったどこかの紳士がやってきて、彼女らのかわいい子供にしかめっ面をしてみせたり、顎《あご》を指でこちょこちょとしたりしたからです。

『奥さん、あなたのお子さんの、まあ、なんてかわいらしいこと』彼らは愛想よく言いました。『おいくつです?』

まあ、要するに、すべてのお母さんには歓喜と誇りの日だったわけです。

そして、時刻ももうすでに十一時になったころ、探偵の一人がバルトシェク署長の所に、ひどく青ざめて、震えている女性を連れてきました。

『さあ、この女をつかまえましたよ、バルトシェク署長』彼は事務的に報告しました。

『私はこの女が乳母車を押しているところに出会ったのです。それで、私が――ややあ、これはまた、すごくかわいいお子さんですねえ。おいくつです?――と彼女に声をかけたのです。すると、この女、すごく敵意にみちた視線で私を射すくめたばかりか、覆いで子供を隠そうとさえしたのです。そこで私は彼女に――ご同行を願いたいですな、奥さん、どうか騒いだりしないように――と言ったのです』

『ランドヴァー夫人を呼びに、ひとっ走りしてきてくれ』と、署長は言いました。『そこでと、あんたのほうだが、どうしてその子供を盗んだかを話しなさい!』

その女はそれほど抵抗もせずに、すぐに話しはじめました。

その女は未婚でしたが、ある男との間に女の子が出来たのです。その子供は最近になって少しばかりお腹をこわし、二日間、泣きどおしでした。三日目の晩にはその女はベッドの中で乳をやりながら、寝入ってしまいました。そして朝、目を覚ましたときには、赤ん坊は青い色になって死んでいたというのです。わたしにはどうしてそんなことが起こるのかわかりません」

クラトフヴィール氏はある種の疑惑をあらわにして言いました。

「ありえますよ」その疑惑に答えてヴィターシェク博士が発言した。「第一に、その母親は十分な睡眠を取っていなかった。第二に、その子供はカタルを起こしていて、数日間、母乳を受けつけなかった。だから、彼女のおっぱいは、きっと、ぱんぱんに張っていたに違いありません。それで母親が眠ったとき、乳房が垂れてきて、赤ん坊の鼻をふさいでしまい、窒息させてしまった。結論としては、そういうことはありえます。じゃ、どうぞ話の続きを」

「たぶん、そのあとはこんなふうだったでしょう」クラトフヴィール氏は続けた。「朝、その女が子供が死んでいるのを見たとき、教区牧師のところへ告げにいきました。しかし、途中でランドヴァー夫人の乳母車を見たのです。そこで彼女はほかの子供でもいいから育てていたら、今後も、彼氏から養育費を引き出せるだろうと思いついたのです。そうでなくても」クラトフヴィール氏はちょっとそわそわして、顔を赤らめました。「オッパイが張ってしようがなかったそうです」

ヴィターシェク博士はうなずきました。

「それも、また、本当です」

「ほう、本当なのですか」クラトフヴィール氏は言い訳をしました。「その辺の事情については、とんと疎《うと》いものですから――。そんなわけで乳母車ごと子供を盗んで、その乳母車はあとで他人の家の前の歩道の上に置きっぱなしにして、そのルージェンカをわが子のズデニチュカの代わりに家に連れて帰ったというわけです。でも、その女は、なんというか、ちょっといかれた、奇妙な女に違いありませんよ。だって、自分の死んだ子供のほうは、その間、冷蔵庫の中に入れていたっていうんですからね。その子は夜になってどこかに埋めるか、置いてこようと思っていたけど、その勇気がなかったんですと。

そうこうするうちに、ランドヴァー夫人がやってきました。

『さあ、若いお母さん』バルトシェク署長は言いました。『あなたの赤ちゃんはここですよ』

ランドヴァー夫人はまたもや涙をあふれさせ、激しく言いました。

『この子はあたしのルージェンカじゃありませんわ。ルージェンカは別の帽子をかぶっていたはずです！』

『もう、いい加減にして下さいよ』署長は大声で言いました。『じゃあ、その帽子を脱がせてごらんなさいよ』

子供が机の上に寝かされたとき、彼は両足をちょっと持ち上げて言いました。

『さあ、ご覧なさい、この子のお尻にどんな襞があるか！』

しかし、そのときはもうランドヴァー夫人は床に膝をついて、その赤ん坊の小さな手や足にキスをしていました。

『おお、あたしのルージェンカちゃん』彼女は涙声で叫んだ。『あたしの小鳥ちゃん、ディディディディディー、ママのお尻ちゃん、ママの大事な宝物ちゃん――』

『すみませんがね、奥さん』バルトシェク署長は無愛想に言った。『いい加減にして下さいよ。さもないと、本当に、わたしまで結婚する気になってしまいそうですよ。それから、あの一万コルンの賞金は未婚の母たちのために使うことにさせて下さい。いいですね？』

『署長さん』ランドヴァー夫人は誇らしげに言いました。『この子をちょっと抱いてごらんなさいよ、そして幸せを祈って下さいな！』

『どうしてもですか？』バルトシェク署長は低くうなりました。『どうやって抱きゃいいんです？　やれやれ、あっ、ほら、もう、この子は泣き出しましたよ！　さあ、どうか、早く受け取って下さいよ！』

　というわけで、この赤ちゃん盗難事件も無事決着ということになったわけです」

金庫破りと放火犯

「〝盗みに入るときにゃ準備万端、抜かりがあっちゃいけねえ〟というのが、バラバーン氏の口癖でした」とイーレク氏が語りはじめた。「この金庫破りが最後にやらかしたのはショル工業の金庫でしたがね。このバラバーンというのは、そりゃあ教養もあり、冷静な盗人でした。それに、もう、かなり歳も取っていましたから、それが彼に分別を与えたんでしょう。これほどの経験豊かな盗賊はほかにはありませんよ。若い連中はどちらかというと無鉄砲ですがね、その無鉄砲さのおかげで何をやってもうまくいくんです。

でも、人間、歳をとって物事を考えるようになる、と、そうなると通常はその大胆さがだんだんなくなっていくんですな。そのかわり十分考えた上で事に当たるようになる。そこんところは、まあ、政治や、その他のいろんなことにも当てはまりますね。

で、そのバラバーンはです、どんな仕事にもその仕事なりの〝やり方〟があるとよく言ったものです。難攻不落の金庫にしても、これくらいの金庫破りになると、いつも単独で仕事をするんです。なぜって、誰かと組んでも手足まといになるだけだからだと。第二に、絶対に同じ地域で長期間にわたたって仕事をしないこと。第三には時代精神とともに進み、専門分野での最新技術をすべてマスターすること。しかし同時に、いわゆる伝統的手法をも軽んじることなく、その手法において、より高い技術水準を保つこと。なぜなら、より多くの人が同じ手法で仕事をすれば、それだけ警察にとっては犯人の特定が困難になるからです。そのバラバーンは、たとえ電気ドリルを持っていたとしても、また、溶接機をうまく使えたとしても、カナテコを絶対手放しませんでした。世間で盛んに喧伝《けんでん》されている最新式の鋼鉄張りの金庫に挑戦するなんてえのは、しょせんは無駄な見栄、ないしは野心であると言っていました。

むしろ、彼が好んで仕事の対象に選んだのは、古いごっつい金庫でした。それに、入っているものも小切手とか株券といった類いのものではなく、相当額の現ナマが詰まっているような、そんな古いタイプの堅実一方の会社でした。彼は慎重に選び抜かれた保障付きの道具類をすべてそろえていましたよ。

そのバラバーンはね、そのほかにも、古い真鍮工芸品の商売もしていましたし、不動産も扱っていました。それに馬の売買もしていました。そして、まったくのところ景気も上々のようでした。

そのバラバーンが言うには、金庫破りは、もう、あとひとつにしよう。しかし、それは完璧な仕事にするつもりだ。若いもんは、そんなこと、気にも止めんだろうがな、と。それは大金を得ようとするのが主目的ではなく、いちばん大事なのは――バラバーンの言によれば――つかまらないことだそうです。

そこでバラバーンが選んだその最後の金庫というのがショル工業のものだったのです。ほら、ブベニュにある町工場ですよ。でも、それはね、彼がそこでやった仕事はね――ピシュトラとかいう、警察の情報屋の一人が話してくれましたがね――まったく名人芸とでもいうべきものだったそうですよ。バラバーンも、いまお話しになったヴィターセク博士のように、中庭から窓を通って忍び込んだのです。でも、彼の場合は、まず窓に取り付けた鉄柵を外さなければなりませんでした。『そりゃ、もう、まさに一見の価値あり、思わず快哉《かいさい》を叫ばずにはいられなかったでしょうな』とそのピシュトラは言いました。鉄柵を取り外したその見事さからもわかる通り、一筋の痕跡すらいたずらに残していない。その男はそれほど完璧な仕事をしたのです。そして例の金庫に手を触れるやいなや、たちどころにそいつを開けました。そこにはたった一つの穴もなければ、たった一本の条痕さえ、余計なものは何ひとつありません。それどころか金庫の塗装さえ、はげ落ちたようなところは見当たらないのです。

『この男がいかに愛情を込めて、この仕事をしたかがわかるよ』とそのピシュトラが話してくれました。しかし、その金庫はあまりにも名人芸的な仕事のゆえに、金庫破りの最高のテクニカル・サンプルとして、いまは警察博物館に保管されているそうです。

彼はおよそ六万コルンほどの金を懐に入れ、夜食用にもってきたベーコンとパンを食べました。そして、また、窓から出ていったのです。彼、つまり、そのバラバーンは、軍隊の指揮官も金庫破りも、なにより退路について配慮をおこたってはいかんと言っていたそうです。それから、その金を従姉妹《いとこ》のところにもっていき、道具はリーズネルとかなんとかいう者のところに隠して家に帰りました。服と靴をきれいにして、体を洗って、何ごともなかったかのようにベッドに入りました。

誰かがドアを叩いて叫んだとき、朝の八時にはまだなっていませんでした。

『バラバーン、開けろ!』

そのバラバーンご本人は、いったい誰だろうと変に思いましたが、なんのためらいもなくドアを開けに行きました。ドアの前には二人の警官が立ちふさがり、情報屋のピシュトラも一緒にいました。

それはそうと、みなさんは、そのたれ込み屋のピシュトラを見かけたことはおありですか? どちらかというと、ちょっと小柄で、リスのように歯をむき出しにした、つまり出っ歯で、いつも笑っているように見える顔をした、そんな男なんです。この男、以前は葬儀屋で働いていましたが首になったんです。それというのも、棺桶の前でちょこちょこ歩きまわって、冗談っぽく歯をむいている顔を見せられたら、誰だって吹き出さずにはいられなくなりますからね。

わたしの観察によれば、多くの人びとは、口をどうすればいいか、手で何をすればいいかわからないといった戸惑いを覚えるときは、きまって顔をしかめるものですね。反対に、だれか偉い人、たとえば、国王とか大統領といった大人物と話をするときには、なんとかして笑顔を作ろうと一生懸命になるのです。それはうれしいからというよりは、むしろ、すごい戸惑いからなのです。でも、いまはそのバラバーンの話を続けましょう。

バラバーンは二人の警官とピシュトラを見たとき、合法的な怒りをもって言い放ちました。『いったい、何のご用でいらっしゃったのですか？　わたしはあなた方とのおつき合いはご免被りたいですな』そう言いながらも、自分の声が妙にうわずっているのが不思議でした。『まあ、そうおっしゃらずに』ピシュトラは微笑《ほほえ》みました。『ただね、ちょっとだけ、あなたの歯を見せて頂きたくて来ただけですよ』

そう言ってまっすぐ塗り物の壺のほうに進んでいきました。実は、バラバーンは夜の間は入れ歯をそのなかに入れておくのが習慣でした。彼は、昔、追いつめられて窓から飛び降りたとき、歯をほとんど全部折ってしまったのです。

『ほほう、バラバーンさん』ピシュトラは身振りをまじえながら言いました。『こいつはじっとしていませんよね、この入れ歯は。こいつ、つまりこの義歯は、あんたがドリルを使うとき動きますでしょう。だから、あんたはこの歯をはずして机の上に置いた、ですよね？　しかし、そこにはほこりが溜まっていた――バラバーンさん、ああゆう経理の事務室にはすごくほこりが溜まっているのは、あんたもとっくにご存じのはずでしょうが。だから、そこにそれらしい入れ歯の跡が見つかったとなると、わたしらがあなたの所に来るのは当然じゃありませんか。だからといって、そのことでわたしらに腹を立てないでいただきたいですな。それにしても、あんたは仕事にかかるまえに、ほこりをぬぐっておくべきでしたよ』
『まさか、そんなことが』バラバーンはいぶかりました。『いいですかい、ピシュトラさん、どんなに小賢しい悪党だって〝ひとつ〟くらいは過ちを犯すというじゃありませんか、でござんしょう?』
『ところが、あんたは〝二つ〟やらかした』ピシュトラはにやりと歯を見せました。『ねえ、あんた、わたしらはあの現場を見ただけで、もう、あんただろうと見当をつけましたよ。どうしてだかわかりますか? 作法に忠実なまっとうな盗人なら、つかまらないように、現場に、そのう何というか、つまり、あれ、あれですよ、あれを現場に残しておくと言うじゃありませんか。いまじゃ、そんなもん迷信だと軽視されていますがね。もっとも、あんたは、もともとがごりごりの不信心者だし、合理主義者だ。そんな迷信なんてクソの役にも立たんと決め込んでおられる。あんたは何ごとにも理性があれば十分だと思っておいでだ。ところが、どうしてどうして、それがあんたの命取りになったというわけですわ。どうですすバラバーンさん、〝盗みに入るときにゃ準備万端、抜かりがあっちゃいけねえ〟ということがどういうことか、もう少し勉強していただく必要がありそうですな』――」

「そういう連中のなかにはもっと巧妙なやつもいますよ」と考えぶかそうにマリー氏が言った。

「その人、バラバーン氏も彼らのために、そいつを置いておくべきでしたね。わたしもどこかで、それと似たような話を読んだことがありますよ。でも、これからお聞かせするお話は、たぶん、あなた方の誰もご存じないはずです。それはオーストリアのグラーツかどこかでのことですがね。

そこに馬具と皮革製品の製造を生業とする親方《ミストル》がいたのです。洗礼名はアントンといいましたが、姓はフールとかフォークト、またはマイエルとかいいましたかな、ドイツ人によくある名前ですよ。

そこで、馬具商人の親方はちょうど自分の名前の聖人の祝日で、宴会の席についていたのですがね——それがまあグラーツでは祝いの日というのに、ろくなものは食っていないんですな。まあ、その点がわたしとは違うところですがね。少なくともわたしが聞いた話では、あっちでは栗も食うんだそうですね——それで食事のあと家族と一緒に輪になってすわっていたのですが、突然、誰かがそのうちの窓を叩くんです。

『おおい、大変だ、あんたの頭の上の屋根が燃えてるぞ!』って。

馬具職人が飛び出してみると、屋根の梁《はり》が火に包まれているのです。当然のことながら、子供たちは叫び出す、奥さんは泣きながら柱時計を運び出すといったような具合。――わたしもこれまでに火事場の混乱ぶりを、もう、ずいぶん見てきましたがね、大概の場合、家人たちが最初に持ち出してくるものは、当人たちはすっかり混乱していますからね、柱時計やら、コーヒー挽きやら、籠に入れたカナリアやら、なんだか、どうでもいいような、つまらないものばかりなのですよ。そして、もう手遅れだという時になって、やっと、寝たきりのお祖母さんや衣服の類い、その他にも大事なものが山ほどあるのに、みんな置きっぱなしにしてきたことに気がつくんですな――。

で、そのあいだに野次馬たちが集まってきて、お互いに消火の邪魔のしあいです。それからやっと消防士が駆けつけるのです――ご存じでしょうが、消防士というのは火消しを始める前に、消防士の服に着がえなきゃなりません。でも、その間に二軒目の建物に火がつきます。そして夜になるまでに十五軒が灰になってしまうというわけです。

本当に火事らしい火事を見たいのなら、村か小さな町に行かなきゃなりませんな。大都会では火事らしい火事なんてものはなくて、火事よりも消防士たちの見事な火消しぶりを見物することになります。最高に素晴らしいのは自分で消火の手伝いが出来るときです。時によっては、それどころではなくて、ほかの人たちにどうやって消火するか指図できることもあります。火を消すこと、とくに火がしゅうしゅう、ぱちぱちと音を発しているとき、こいつをやるのは、もう、ぞくぞくしますね。でも、川から水を運んでくることは、あまり人はしたがりません。

これは人間の中にある奇妙な性質ですがね、何かの災害を見ると、人はもうそれが大災害になるように、ほとんど祈らんばかりに期待するものです。大火災とか大洪水というのは人をなんとなく大喜びさせます。いわば、こいつは儲けものをしたという気持ちを起こさせます。それとも、これは、本当はけしからん、異教徒的な驚喜ですかね、わたしにはわかりませんが。それで、当然のことですが、その次の日、町は、なんというか——そう、完全に焼き尽くされたといった感じでした。火は美しいものです、でも、そのあとの焼跡はひどいものです。それは愛についても言えるような、それと同じですよ。人はそれをなす術もなく、ぼんやり見つめながら、もう、ここからとても立ち直る気力がわかないなと、思案に暮れるのみです。

で、火事の原因を調べるべく、一人の若い憲兵が現場に来ていました。『曹長さん』とその馬具職人のアントンが言いました。『こいつは誰かが火をつけたんですよ、賭けてもいいです。でも、なんでまた、よりによって、あたしの祝いの日に、それも、あたしが祝いのテーブルについているときに、そんなことをしたんでしょう？ それにしても、どうして誰かがあたしに仕返しをしようとしたのか、どうもわからんのです。わたしは誰にも意地悪したことはないし、政治のことに口出ししたこともありません。ですから、わたしにそれほどまでに腹を立てる人間は思い当たらんのですよ』

それは真昼どきで、太陽が焼けつくようでした。その憲兵は焼け跡の上を歩きながら——そうか、どうして燃え出したか、いまわかったぞ——と思いました。

『アントンさん』憲兵は突然呼びかけました。『あの上のほうの梁《はり》の上で光っているのはなんです?』

『あれは天窓でさあね』馬具職人は答えました。『光っているのは、たぶん、釘みたいなもんじゃありませんか』

『釘ならあんなに光りはせんでしょう』憲兵は言いました。『むしろ、鏡のようなもんだな、あの光り方は』

『どうしてあんなところに鏡があるんだろう』馬具職人はいぶかしげに首をかしげました。

『あの天窓の下には藁《わら》しかないはずだがな』

『だけど、あれは鏡だ』憲兵は主張しました。『よし、じゃあ、あんたに証明してやろう』それから、その焼けこげた梁に消防の梯子《はしご》をかけ、それに登って言いました。

『ほら、アントンさん、これは釘でもなければ鏡でもありませんよ。この梁にネジ止めされた丸いガラスです。すみませんがね、これは何に使うものです?』

『ああ、うっかりしていました』馬具職人は言いました。『たぶん、それで子供が遊んだんでしょうな』

するとその憲兵はその小さなガラスを見たとたん、不意に、大声で叫びました。

『ああ、そうか、きっとこいつが火をつけたんだ! これはなんだ?』そう言って自分の鼻をなでました。

『ちきしょう！』憲兵はまた叫びました。『今度はおれの手を焼きあがった！　アントンさん、すぐにわたしに何か紙を下さい！』

それで馬具職人は自分の手帳から一枚紙をちぎって渡しました。憲兵はその紙をそのガラスの下に少し離して置きました。

『さてと』それからしばらくして言いました。『アントンさん、どうやらもう目星がつきましたよ』

そして、すでに梯子を伝って降りてきました。そしてその紙を馬具職人の目の前に差し出しました。紙には焼けた小さな穴が開いていて、そこからまだ煙が出ていました。

『アントンさん』憲兵が言いました。『おわかりでしょうが、このガラスは集光レンズまたは虫メガネです。そこで今度は誰がこれをあの梁にネジ止めしたか、しかも、まさに藁の山の上にです。しかし、これだけは言っておきましょう、アントンさん。これをやったのは、ここから梁の結合部分を通り抜けて行けるやつですよ』

『こりゃ、なんてこった』馬具職人は言いました。『わたしら、うちに虫メガネなんてものは持ってやしません――待った！』突然、叫びました。『待ってください、わたしは見習いの小僧を使っておりましたんです、ゼップという名なんですがね。そいつは、いつも何やらそんなもので遊んでいましたよ！　だから、わたしゃ、そいつをおっぽり出したんですわ。まともな仕事には向いていませんでしたのでね。だって、あんた、頭の中にゃそんな馬鹿なこととか、何やらの実験のことばっかりでしたんでね！　そりゃ、きっとそのあほんだらの小僧に違いありませんよ――でも、そんなことはありませんやね、署長さん。確かに、あたしゃ、そいつを放り出してやりましたがね、そりゃ、もう二月の初めの頃でしたよ。いまはどこにいることやら。でも、ここにはそれ以来、姿を見せませんでしたからね』

『これがその小僧のレンズかどうか、すぐにわかりますよ』憲兵は言いました。『アントンさん、こちらにもう二人、憲兵をよこすように電報を打ってくれませんか。そのレンズには誰もさわっちゃなりません。真っ先にその小僧を見つけ出すことです』

もちろん、小僧は見つかりました。まったく別の町のカバン職人のところの見習いに入っていました。そして、その憲兵が仕事場に踏み込むやいなや、小僧は木の葉のようにぶるぶる震え始めました。

『ゼップよ』憲兵は怒鳴りました。『貴様、六月十三日にはどこにいた？』

『はい、ここです』小僧はどもりながら答えました。『ぼくは二月十五日からここにいます。そして半日たりともここから出たことはありません。証人だっています』

『それは本当です』カバン職人の親方は言いました。『そのことはわたしが証明します。なぜなら、こいつはうちにいて、わたしのいちばん下の子の面倒を見なきゃなりませんでしたからね』

『ひどい話だ』憲兵は言いました。『だが、こいつは、もうここにはいられませんんな』

『いったい、こいつがどうかしたのですか?』カバン職人の親方はたずねました。『うん』憲兵は言いました。『六月十三日に、ここから遠く離れた村で馬具職人アントンことアントニーンの小屋と村の半分を焼いたという疑いがかかっているんだ』『六月の十三日ですか?』カバン職人は驚いて言った。『おや、これは変だぞ。そう言やあ、この小僧、六月十三日に、今日は何日ですって聞きましたよ。そして六月十三日ですか、じゃあ、聖アントニーンの日ですね。親方、言っておきますが、今日、どこかで何かすごいことが起こりますよって言いましたな』

その瞬間、小僧のゼップは跳びすさって逃げ出そうとしました。しかし、そのとき早く、憲兵が小僧の襟っ首をつかまえました。それから小僧は道々、憲兵に告白しました。——彼はアントン親方をうらんでいた。なぜならその馬具職人の親方が、彼の実験のせいで自分をひどく、まるで犬みたいに、げんこつを食らわせたから、その復讐をしたかった。だからアントン親方の名前の祝い日の六月十三日の正午に太陽はどこにあるかを正確に自分で計算した。そして自分がどこかにいる間に、藁が焼けるように、計算通りにレンズを合わせて取りつけた。その準備はもう二月にはすべて終わっていた。だから、その職場を去ったのだ——と言うのです。

いいですか、間もなく、そのレンズのためにウィーンから天文学者が呼ばれました。そしてそのレンズを前にして、どんなふうにして六月十三日の太陽のまさに南中の位置にレンズを正確に合わせたのか首をかしげていました。

そのために角度を測定する天文学の器具もまったくなしに、十五歳の子供によくもまあ、そんなことが出来たものだ、その業はまさに奇跡だと、その天文学者は言っていたそうです。ゼップがその後どうなったかは知りません。でも、わたしは、ひょっとしたら、この悪ガキはすごい天文学者か物理学者になっていたかもしれないと思っています。きっと第二のニュートンか何かになったでしょうにね、その悪ガキがですよ！　でも、彼はこれほどの特殊な頭脳とこれほどの素晴らしい可能性を無駄にするために、この世に生まれてきたんでしょうね。ねえ、みなさん、人びとは砂の中にダイヤモンド、海の中に真珠を探す忍耐力は持っているのです。でも、神からの驚異的な授かりものを人間のなかに探すとか、それを無駄にしないようになんて思ってもみないのですね。でも、これは大きな誤りですよ」

そんなわけで、ずんぐりむっくりで赤ら顔の人物がやってきました――彼の外見には神秘的なものとか、奇妙に感じられるようなものはまったくありません。どちらかというと酒場の亭主か家畜の仲買人といったほうがぴったりという感じでした。そして彼はすぐにカバンから鉄製のホースみたいなものを取り出し、それからゆっくり、いくらか体を突っ張らせたようなぎこちない感じで、野っ原を歩きまわりました。突然、ホースが手の中でぐるぐる回りはじめました。そして、その人は言いました。「そうら、ここに水脈がある。七メートルの深さのところだ」少しばかり行って、また止まりました。「ここにも水脈がある。しかし十メートルの深さだ」

もちろん、お察しでしょうが、わたしたちの仲間の一人はすぐには信じませんでした。彼は控えめな懐疑の念をもって、そのやり方をじっくり観察したあとで、自分なりに考えました。指のあいだに小枝をはさんでぐるぐる回し、ここに水があるなんてことを言うのは誰にだって出来るさ——と。

「ほう、そうかい、わたしは別に無理強いはしない。じゃあ、今度は自分でやってごらん」と赤ら顔の男は言いました。「わたしが柳の枝を切ってあげよう、それのほうがあんたにはやりやすいだろう」

懐疑的人物は細い柳の枝のフォークを手に取り、それを持ってゆっくりと、体を突っ張らせ、ぎこちなく野っ原を歩きました。すると突然、その細い棒がものすごい力で地面の方を指して曲がりました。それはまさしく占い師のホースがぐるぐると回ったその場所でした。懐疑的人物は当然のことながら柳の小枝の力に逆らおうと試みました。しかし、小枝は、たぶん、彼の手の中でぐるぐると身を回転させるかどうかしたのでしょう。すごい力で地面の方に身をよじらせてその場所を指しました。

その懐疑的な、信じることを知らぬ人物は何度も何度も試しました。少し体を硬直させて、ややぎこちない格好で、十回はその野っ原を歩いたでしょう。そしてその度に、柳の小枝は正確にその同じ場所で自分から地面に向かってたわみました。そこで疑い深い人物は一度に二つの体験をし、それをまとめました。その一、棒占いには確かに何かがある。その二、自分自身に棒占いの才能がある、という二点でした。そのとき彼はこの自然の特別の贈り物にある種の誇りのようなものを覚えました。

「たぶん、おれはこんなに敏感なのだ。つまり、それはこのような特殊な力だ」と自分で思い、満足しました。

そのときから宗旨替えをしたその人物は、彼の手の届く範囲にいる人には誰でも彼でも、「ちょっと来て、やってごらん、この小枝が君に何を示すか！」

通常、人びとはその人物にたいして抵抗を試みるのですが、遂には根負けし、小枝を持って、少しぎこちない格好で野っ原を歩かせられるのです。

「君にはあまり霊験が現われないな」と新米の棒占い師は批評を下します。「いいかい、この小枝がぼくにだと、どんなにたわむか見ていてごらん！」

野っ原の上を八人ばかりの人間が手に小枝を持ち、なんとなくぎくしゃくした格好で歩き回っています。それは静かな狂人か夢遊病者のように見えました。

「ここにも水脈がある」という声が、始終あちこちでしました。要するに、地面の一角に、少なくとも二十ヵ所のところに水脈があること、そして小枝を持った人たちの二人に一人が水脈に反応したということがわかったということです。

人びとのなかには小枝が大きく回る人もあれば、感応力があまり強くなさそうな人には、反応はかなり落ちました（「しかし、そんな人に限って、わたしは手にすごい力を感じた」と一生懸命になって主張するのです）、一方、それ以外の人たちにはまったく感じない。そんなわけで、この最後のグループの人たちは小枝を脇へ押しやると、第二のグループの人たちに、これらのすべてのことはペテンであるか、迷信か、あるいは、人を担ぐ悪ふざけだという考えを押しつけようとしました。

「ぼくはあまりにも性格が強すぎてね」と、そのことを自慢そうに言います。「これは、たぶん、神経過敏症や神経衰弱といった性格の弱い人たちの場合にだけ現われるんだ」とね。

その反対に、手の中の小枝が生き物であるかのようにぐるぐる回った人たちは、この強い性格の人を軽い侮蔑《ぶべつ》をもって見ていました。「ふーん、かわいそうに」と心のなかで思います。「そいつはただ鈍感なだけだ。要するに、自然やその力に感応する能力に恵まれていないのさ」と。

そのことから、水脈探しの小枝もまた人間を二つの派閥にわけ、相互の理解を難しくしているのがおわかりでしょう。

ですからね、その小枝に本当に何かがある、そして、その小枝によって地下の水脈、ないしは別の何かを探し当てたという正直者の証言など、さしあたり、脇においておくしか仕方ありませんね。

でも、神さま、もし仮に、たとえ、かぼそいものであっても、この世に人と人との間の平和の水脈を必要としている場所にわたしを導いてくれるような、そんな小枝があったら――そうしたら、わたしはその小枝を持って（ゆっくりと、やや体を突っ張らせた、ぎこちない歩みで）世界中を歩きますよ。そして言うんです。

「みなさん、聞いて下さい、ここに平和の水脈があります。掘り出せないほど深い所ではありません」

神さま、こんな隠れた水脈が世界にはありますよね――

でも、そのほかに棒占いのことを、いかさまだとか精神薄弱だとか決めつける強い性格の人がまだいます。このような人たちの手のなかでは小枝はピクリともしないのです。（I.N,1938）

なくなった足の物語

「人間というものはです」とティミフ氏が語り始めた。「いざとなったら、普通にはとても信じられないようなことにだって、耐え抜くものなんですね。そうなんです、あれは戦争中のことですがね、私が第三十五部隊に配属されていた時のことでした。その部隊に一人の兵隊がいたのです。名前は何と言いましたかな、たしか、ディンダだか、オターハルだか、ペテルカだか、なんかそんな名前でした。でも私どもはこの兵隊のことを通常、ペペクと呼んでいました。もともと彼はすごく従順な人間だったのですがね、ただ、もう泣きたくなるくらいの、まったくの山出しの愚か者でした。そうなんです、私らが練兵場で駆けずり回らされている間は、彼もそこそこに出来る限りのことはこなしていました。それに我慢強さときたら、そりゃもう頑固そのもので誰にも引けをとらないくらいでした。やがて、私どもも前線に送り出されることになったのですが――あのときはクラコフの戦線でしたかね――その配置に就かされた位置というのが、これがまた、はなはだ危険極まりない地点で、まさしくロシア軍の砲弾が直撃してくるような、とんでもない場所だったのです。ペペクは何ごともないかのごとく平然として、ひたすら黙々と任務を遂行していました。ところがです、砲弾の破片かなんかで腹を引き裂かれた馬のそばまで進んできたときのことです。その馬はまだぶるぶると鼻をふるわせ悲鳴のような嘶《いなな》きをもらしながら、しきりに起き上がろうとしてもがいていました。それを見たとたんペペクは真っ青になり、鉄兜を地面に叩きつけ、皇帝陛下〈ここではハプスブルク・オーストリアのフランツ・ヨーゼフ一世〉のくだされた〝軍人勅諭〟に違反して、銃と背嚢《はいのう》を地面に放り出し、敵に背を向けて一目散に逃げ始めたのです。

いったい、どうやってこの五百キロだか何百キロだかわからない道程を歩き抜いたのか、正直のところ、私にはとても理解できません。しかし、ある晩のこと我が家のドアをノックして、おかみさんに言ったのです。

『おい、かあちゃん、おれだ、おれはもう絶対に戦場には戻らん。しかし、もし、見つかったら、おれはお終いだ。おれは逃亡兵だからな』

こうして二人が一緒に泣いていたとき、おかみさんが言いました。

『ねえ、あんた、あたしだって、あんたを渡すもんか。あたしゃあんたを肥溜《こえだめ》の中に隠すよ。あそこなら誰も探したりしないからね』

そこで、おかみさんはペペクを肥溜の中に穴を掘ってそこに押し込み、板で隠しました。こうしてペペクは五ヵ月間、この肥溜の穴の中に隠れていたのです。でも、ねえ、みなさん、たとえ信仰のためだとしても、糞の中に埋められて五ヵ月間も耐え抜いたという殉教者の話なんぞ、聞いたこともありませんよね。

やがて、一羽のめんどりをめぐってのいざこざを根にもった隣家のおかみさんが密告したため、このことが明るみに出ました。やがて憲兵がやってきて糞尿の中からペペクを引っぱり出しました。ところがですよ、憲兵たちはペペクに縄を掛けたのはいいが、町まで引っぱって行くとき、ペペクの放つ猛烈な臭いからできるだけ離れていようとして、わざわざロープを十メートルも買い足したそうですよ。

そんなわけですから、ペペクが軍法会議の法廷に立たされたのも、ペペクの臭いが多少はやわらいできてからでした。そのとき担当した軍法務官はディリンガーとかいう判事でしたがね、その人にたいする評価はまちまちで、あいつは冷酷だったと言う人もいれば、名判事だったと言う人もいます。それにしても、彼の悪口の辛辣さは相当なものだったそうですよ——でもね、みなさん、そりゃ仕方ありませんよね。オーストリア帝国の時代〈第一次大戦後のチェコスロバキア独立以前〉にゃ悪口なんてもんは日常茶飯事、言いたい放題でしたからね！　そんなことのなかにも古き良き時代の伝統を見ることも出来るってもんです。いまじゃ、もう、相手を傷つけずに、慇懃《いんぎん》無礼に悪口を言うことの出来る人なんか一人もいなくなりましたなあ。相手を怒らせてもかまわないというのなら、また話は別ですがね――。

そんなわけで、ディリンガー軍判事はペペクを中庭に立たせ――彼は断固として彼を近づけようとしなかったそうです――窓の内側からペペクの裁判をしました。当然のことながら、ペペクの立場は決定的に不利でした。敵前逃亡ですからね。待つものはただ一つ、銃殺刑のみです。神さまだってもはや打つ手なし。それに、このディリンガー判事は誰にたいしても一刀両断、回りくどいことは一切なしという人ですからね――そういう点から言えば、たしかに、この判事は冷酷だったのです。

ところが、いまや判決を待つのみというときになって、そのディリンガー判事は窓の内側から怒鳴りました。

『それで、どうだ、ペペク、貴様、クソの中に埋まっていたときも――時には、夜、古女房の所に寝に行っていたのか?』

とたんに、ペペクはもじもじ、じたじたと足踏みし始めましたが、やがて思いを決したかのように顔を真っ赤にして、大声で返答しました。

『つつしんで、申し上げます、裁判長閣下殿。ときどきは〝はい〟であります。なぜかならば――そうするしか手がなかったからであります!』

それを聞いてディリンガー判事は窓を閉め『うひゃー、こりゃなんてこった!』と思わず声をもらし、しばらくの間は頭を振り振り広間の中を足速に歩き回っていましたが、やっと落ち着きを取り戻すと、言いました。『たとえ、わしがいまの地位を失うことになろうが、どうしようが、あの男を死に追いやることだけは絶対にせん。もはや、あいつの女房のためにも、そんなことはできん。この、くそいまいましい〝夫婦愛〟とかいうやつに免じてだ！』

そして、なんとか三年間の要塞監禁ということで折り合いをつけました。

要塞でペペクは囚人兵として、要塞司令官の菜園の世話係の役を仰せつかりました。司令官はパプカとかいう大佐でした。そして、パプカ大佐はやがて『いやあ、わしは生まれてこの方、ペペクが育てたような、こんなに大きく育った見事な野菜を見たことがない』と言いました。それからも、しばしば要塞司令官は、何かというと口癖のように言っていました。『あいつの手にかかると、どうして、こんなに野菜がよく育つのかのう？　どうも、わからん』――まあね、それがわかるのは悪魔くらいのもんでしょうがね」

「戦争中には、奇妙なことがいろいろ起こるものですよ」とクラール氏が口を開きました。「オーストリアのために戦わずにすむように、人間がやったすべてのことを掻き集めたらボランディスト派〈ベルギーのジャン・ボラン（一五九六―一六六五）によって設立されたイエズス会の一派〉の神父たちによって延々と書きつがれ、出版された、あの『アクタ・サンクトールム〈聖者列伝〉』に匹敵するほどの大型本が何十巻も出来上がるでしょう。

わたしには甥がいましてね、ロイジークという名前ですが、ラドリツェ区のほうでパン屋をやっているんです。それが、戦争が始まって徴兵されたとき、甥はわたしに言ったものです。『おじさん、おじさんだから言っておくけど、ぼくは前線には絶対に行かないからね。ドイツのネズミ野郎の味方になるくらいなら、いっそのこと自分の足をちょん切ったほうがましだよ』ってね。

そのロイジークというのはかなり知恵の働くやつでね、新兵として銃器の取り扱いについて訓練を受けている間は、真剣そのものという熱心さで訓練に励みましたから、上官たちも彼こそは未来の英雄か、そうでなくとも近い将来に伍長くらいにはなるだろうと期待していたのです。しかし、数日以内に前線に送られるという風聞を耳にするやいなや、たちまち熱を出し、右腹を押さえて、うんうんと哀れな声でうなり出しました。それで彼は病院に運ばれて、盲腸の手術を受けたのです。ロイジークは手を尽くして手術のあとの治りを長引かせました。しかし六週間かそこらか経つと、もう、どうしようが、こうしようが、そんな傷なんて治ってしまいます。ところが戦争は、まだ、いっこうに終わりそうな気配もありません。そんなとき、わたしは一度、病院に彼を見舞いに行きました。『おじさん』ロイジークは言いました。『今度こそ、もう、曹長殿もぼくを助けてくれないだろうな。ぼくはいつ病院から前線に駆り出されるか、毎日、ひやひやしながら待っているんだ』

当時、わたしらのところの最高司令部付軍医長は、かの悪名高きオーベルフーバーでした。

あとになって、この男は完全な狂人だということがわかりましたが、それでも、まあねえ、戦争は戦争ですからね、気のふれた阿呆にでも金色の襟章をつけてやれば、そいつは司令官です。ですから、そのオーベルフーバーの前ではみんなが震え上がったというのもわからなくはありません。

この軍医長は病院に駆けつけるやいなや、誰かれかまわず『前線へ突進!』と怒鳴りつけるのです。開放性の肺結核患者であろうが、脊髄に貫通銃創を受けた負傷兵であろうがおかまいなしです。彼には誰も口答えは許されません。病名を記したベッドの上の木札なんぞものともせずに、ちらっと覗いただけで、『前線勤務可能! 直ちに本隊復帰!』と叫びます。そうなると、もはや、神頼みをしようが何をしようが、なんの役にも立ちません。

そうこうするうちに、そのオーベルフーバーがです、決定的審判を待つロイジークの病院に視察にやってきたのです。外の門のところで騒々しい音がするやいなや患者全員——死亡者以外は——高い位の軍医長殿を迎えるのにふさわしく、自分の軍隊用ベッドの脇に〝キョーツケー〟〈気を付け〉の姿勢で立っていなければなりません。

その日は、なぜか待ち時間が少し長くなりましたので、ロイジークは楽をするために一方の足を曲げて膝小僧をベッドについて体重を支え、片方の足だけで立っていました。その瞬間、オーベルフーバーがやってきました。怒りで顔が真っ赤です。そして、もうドアロのところから叫びました。『よし、貴様は前線行きだ!』『こいつは原隊復帰!』『おまえも合格!』

やがて、一本足で立っているロイジークの方を見ました。すると、顔がいっそう赤くなりました。『見ろ、あいつには足が一本しかないぞ！』と怒鳴りつけました。『貴様なんかに用はない、直ちに、送還！ ヒムル衛生兵、おまえ、なんで一本足の男をここに泊めていたんだ？ いつからここは五体不満足人間の溜り場になったのだ？ そいつを追っ払え！ この悪党どもめ、この見せしめに貴様ら全員、前線送りにしてやる！』

古参兵たちは恐怖で真っ青になり『な、なんてこった、こ、これじゃ、直ぐに前線送りになるぞ』と口もろくにきけないほど狼狽《ろうばい》していました。ところがオーベルフーバーは、もう、次のベッドの前で、昨日、手術を受けたばかりの兵隊に『おまえは直ちに前線に出発！』と叫んでいました。

それで、ロイジークは一本足の軍務不適格者として、オーベルフーバー自筆のお墨付きとともに病院から追い出され、家に戻ってきました。ところがロイジークはです、これがまたとことん筋を通す男でしてね、自分は不治の身体障害を持っているのだから、兵役義務者名簿から抹消してもらいたい。また、パン屋には——たとえ曲がっていようがどうしようが——足は二本なければならないと世間でも言われているのに、自分には公式に認定された足は一本しかない。したがって、家業のパン屋をやっていくことはできない。故に、障害者手当の査定もしていただきたいと、すぐさま申請書を提出しました。

お決まりのお役所仕事で遅れに遅れたあと、四十五パーセント障害者と認定され、その結果、毎月、しかじかの額の障害者手当の受給を適当とするという決定を受け取りました。そう、そこまではよかったのですがね、〃なくなった足の物語〃というのは、実は、これからなのです。

そのときからロイジークは障害者手当を受け取り、父親のパン屋で手伝い、結婚までしたのです。ただ、あるときロイジークはオーベルフーバーがその存在を否定した自分の足が、なんとなくびっこをひいているような、なんとなく力が入らないような、そんな感じがするのに気がつきました。でも、少なくとも義足をはめているように見えるのが彼には気に入りました。やがて世界大戦が終わりチェコスロバキア共和国の時代になりましたが、ロイジークは持ち前の誠実さと順法精神から、障害者手当を受け取り続けました。

そんなある日、彼はわたしの所に訪ねてきましたが、何か心配ごとでもある様子に見えました。

『おじさん』しばらくしてから、ロイジークは切り出しました。『ぼく、どうも足が短くなったか、しぼんできたんじゃないかという気がするんだけど』

そしてズボンの裾をたくし上げて、わたしに足を見せました。その足はステッキみたいに細くなっていました。

『ぼく、こわいんだよ、おじさん』ロイジークは言いました。『この足、結局、駄目になるんじゃないかな』

『そいじゃあ、お医者に行って診てもらえ、この間抜け！』わたしはアドバイスしました。

『おじさん』ロイジークはため息をつきました。『ぼく、これは病気じゃないと思うんだ。たぶん、この足、ぼくは持ってちゃいけないからなんだよ。ぼくにははっきりわかるんだ、ぼくの右足は膝から先はなくなったんだって。だから、ぼくの足は干からびてきたんだよ——どう思う、おじさん?』

それからしばらく経って、また、わたしの所にやってきました——そのときは、もう、杖を突かなければ歩けなくなっていました。

『おじさん』ロイジークは不安でいっぱいになって言いました。『ぼく、本物の身体障害者になったよ。もう、こっちの足では立つことも出来ないんだ。先生は、これは筋萎縮症というやつで、たぶん、神経のほうからきているんだろうって。だから、ぼく温泉に行くように勧められたんだけど、あの先生、それでよくなるなんて自分でも信じていないって気がするんだ。おじさん、ぼくのこっちの冷たい足に触ってみてよ、まるで死んでるみたいだろう。先生は、血液の循環がよくないんだって言うんだけどね——ぼくのこの足、腐っていくのかなあ?』

『なあ、いいかい、ロイジーク』わたしは言いました。『わしが一つだけおまえに忠告してやろう。その足のことを役所に届け出ろ。そして、おまえが一本足であることを取り消してもらうんだ。そうすりゃ、その足もやがて治ってくるだろうよ』

『でも、おじさん』とロイジークは反論しました。『そんなことしたら、役所では、ぼくが障害者手当を不正に受け取り、国庫から大金をだまし取ったと言うよ。そうしたら、ぼく、きっと、その金を返さなきゃならなくなる！』

『じゃあ、その金を自分のものにしておくさ、この欲張りのパン屑野郎め！』って、わたしは怒鳴りつけてやりましたよ。『そのかわり、足が一本なくなるぞ。そんなことになっても、もう泣きべそかきに、わしの所には、絶対、来るんじゃないぞ、いいな！』

一週間経ったころまたやって来ました。

『おじさん』ドアロの所まで来て、すぐに、ぼそぼそと言いました。『役所ではこの足を認めるわけにはいかないって言うんだよ、どっちにしろその足は干からびて、使いものにならなくなるからって——役所になんて言えばいい？』

ロイジークに両方の足があることをお役所が認定するまでに、ロイジークがどれど駆け回らなければならなかったか、みなさん方にはとても信じられないでしょう。でも、まあ、当然と言えば当然のことですが、ロイジークはその後も障害者手当を国庫からだまし取ったという、やっかいな問題を片づけなければなりませんでした。それに加えて、兵役義務を回避したということでも起訴されることになったのです。

あわれなロイジークはあっちの役所からこっちの役所と駆けずり回り、さんざんな目に会いました。ところが、足のほうは丈夫になりはじめたのです。おそらく、あっちこっちとたっぷり駆けずり回らなければならなかったからでしょう。でもね、わたしとしては、それはむしろお役所が彼の足を認定したからだと思うんです。お役所のこういった類いの宣言というのは、結局のところ、大きな力があるんですね。

それとも、思うに、彼の足が干からびたのは、もともと彼はその足を持つべきではなかったのに、不正に持っていたからかもしれません。つまり、その足は合法的ではなかった。だから、合法化する必要があったのです。

口幅ったいことを言うようですが、正直な心を持つってこと、それこそが最高の健康法なのですね。もし人間が本当に真っ正直になったとしたら、ほんとは、死ななくてもすむのかもしれませんよ」

「あいつら、頭のおかしな女どもときたら」とボルガール氏は語りはじめました。「まったく、もう、普通の人にはとても信じられないような問題をときどき起こすんですよ。あれは一九一九年か二〇年のことだったと思いますがね、この祝福に満ちた中部ヨーロッパのいたるところにまで一触即発の危機的状況が瀰漫《びまん》していて、人びとは、ただ、どこで戦闘がはじまるかをただ呆然と見守るしかない状態でした。その当時、わが国には各国のスパイが集まってきて活発な活動を展開していたなど、あなた方にはとうてい想像もつかないでしょう。当時、わたしは密輸と偽札対策の仕事にかかわっていました。しかし軍部はときどきわたしを呼び出して、その件にかんする情報を提供するように指示しました。そこに例の伯爵夫人——つまり、ミハーリオヴァーの事件が持ち上がったのです。

わたしはそれがどんなものか、それに、どんなふうにして起こったかについては、もう忘れました。しかし、とにかく、そのころ軍部はチューリッヒ郵便局留でW・マナッセス宛に送られる郵便物に注意をするようにという匿名の手紙を受け取ったのです。

やがてそのような手紙の一通が押さえられました。たしかにその手紙は第十一暗号によって暗号化されていました。そのなかには軍事情報が記されていましたが、たとえば『プラハには第二十八歩兵連隊が駐屯している』とか『ミロヴニツェには射撃練習場がある』とか、『わが軍は小銃のみならず、銃剣によっても武装している』といった、要するに、早い話が、まったく愚にもつかないことばかりが書いてあったのです。

でも、いいですか、軍隊の連中ときたら、その手の情報にかんしてはおっそろしく神経質ですからね。たとえば、あなた方がどこかの大国に、わが国の歩兵はオーベルレンダー社製のキャラコの脚絆《きゃはん》を使用しているなんて情報でも通報してごらんなさい。たちまち、あなた方は軍法会議にかけられ、機密漏洩罪で少なくとも一年の刑は間違いなく食らうでしょうよ。なんたってこれは軍隊の沽券《こけん》にかかわる問題ですからね。

そんなわけで、あのとき軍部はわたしにその暗号文と匿名の通報を見せました。だからといって、わたしが筆跡学者なんて、そんなことはありません。でもね、ひと目見ただけでこいつは気ちがいだとピンときましたね。だって、その両方の筆跡とも同一人物のものだということがわかったからです。匿名の手紙のほうは鉛筆で書いてありました――概ね、匿名の手紙というのは、たいてい鉛筆で書くもののようですな――でも、そのスパイとその密告者は同じ筆跡の持ち主であると認定せざるをえませんでした。

『まあ、そのうちにわかりますよ』とわたしは軍の人に言いました。『泳がせておきましょう。こいつは問題にするには当たりませんよ。このスパイはどっかの素人です。こいつが送った軍の秘密なんて、国民政治新聞を見てりゃ書いてあることです。そんな程度のもんですよ』

一ヵ月ほど経ったころ一人の対諜報《ちょうほう》部の大尉がわたしの所にやって来ました。とてもハンサムでスマートな男でした。

『ポルガール君』と、彼はわたしに話しかけました。『私はこんな奇妙なものを持っているんだよ。先日、すごく美しい小麦色の肌をした伯爵夫人と踊ったのだ。その人はチェコ語は出来なかったが、踊りはうまい。それはちょっとした快感だったよ。そして今日、その彼女からきわめてセンチメンタルな手紙をもらったんだ。こいつはどうも戯《ざ》れ事じゃない』

『それはそれは、ご馳走さまですな』わたしはおちゃらかして言いました。『そんな女にめぐり会えたなんて、儲けもんじゃありませんか』ってね。

『だけどねえ、ポルガール君』その大尉はすっかりしょげ返っていました。『実は、その手紙というのが、チューリッヒへのスパイの手紙と同じ書体、同じインキ、しかも同じ紙に書いてあるんだぞ！　私は今どうすればいいか迷っているんだよ。女を密告しなきゃならん男の気持ちがどんなものか、君にわかるか？　しかも女は……ふむ、女はその男に……、いずれにしろ、その女は上流階級の淑女だ、わかるか、きみい』彼は興奮のあまり、大声で叫びました。『そうですかい、大尉殿』そこで、わたしは言ってやりましたよ。『ここは、いっちょう、騎士精神の見せ所ですな。あなたはその女性を逮捕し、問題の重要性にかんがみて彼女を死刑に処すべきです。あなたは十二人の兵隊に〝撃て！〟と号令する名誉を与えられるでしょう』

おお、そうなると人生はまたなんとロマンチックなんでしょう。ところが、そうなるには、残念ながら、ここに一つの障害物がありました。つまりチューリッヒには、そのW・マナッセスなる人物はまったく存在していないことです。おまけにチューリッヒの郵便局にはマナッセス宛の暗号文の局留郵便が十四通も溜まっているという始末です。

『ねえ、大尉殿、もう、そんなもの打っちゃっときなさいよ。そして、あんたに若いという自信があるなら、その小麦色の肌の伯爵夫人と踊っていらっしゃい』

それからの三日間、大尉は良心の呵責《かしゃく》にさいなまれ、やせ細ってしまうほどでした。それでも大尉は上官に報告しました。当然のことながら、六人の兵士が車に乗ってミハーリオヴァー伯爵夫人の逮捕にむかい、彼女の書いたものを一切合財かき集めました。そこには暗号表や外国の政治諜報員からのあらゆる種類の、なんと言いますか、つまり国家反逆の内容の手紙も見つかったのです。そのとき伯爵夫人はいかなる尋問にも黙秘しました。妹は十六歳の娘でしたが、テーブルの上にすわって、立てた膝の上に顎をのせて辺りの様子を見物しながらタバコを吹かし、将校に色目を使って、だらしなく笑っていました。

ミハーリオヴァーが逮捕されたと聞いて、わたしは司令部に飛んでいき、軍の関係者に話しました。

『なんて馬鹿なことをするんです、そのヒステリー女をすぐに釈放してください。そんなことをしたら恥をかくだけですよ！』

それでも彼らはわたしに言いました。

『ポルガールさん、ミハーリオヴァー伯爵夫人は外国のスパイの任務についていたと自白したんですよ。これは重大事です、見逃すわけにはいきません』

『あの女は出まかせを言っているんですよ』わたしは彼らにむかって叫びました。

『ポルガールさん』連隊長は厳しい表情で言いました。『あなたが話しておられる人物は〝淑女〟であることを忘れんことですな。ミハーリオヴァー伯爵夫人の話は真実です』

いいですか、この女性はこんなふうに軍人たちを幻惑させていたのです。

『ちきしょう』わたしは悪態をつきました。『それじゃ、あんたがたは騎士道精神に則って、あんな気ちがい女を裁くと言うんですかい！　あの女は自分からわざと、あんた方が反逆行為の証拠を発見するように仕向けたのがわからないんですか？　こいつはまともに取り合うようなことじゃありませんよ。とにかく、彼女の言葉など一言も信じちゃだめです！』

しかし兵隊たちは悲壮な同情の念をあらわにしながらも、ただ肩をすくめるだけでした。

当然のことながら新聞はこの話題で持ちきりでした。それは外国でも同じです。世界中の貴族だけがこの問題に影響を与えうる立場にありました。彼らは抗議文を集め、外交官は外交措置を講じ、世論はイギリスにおいてさえ沸騰しました。でも、いまさら正義は曲げられませんよね。

結局、伯爵夫人は戦時体制下にあるという事態にかんがみて、軍法会議にかけられることになりました。わたしはもう一度、軍のほうに出かけていきました――わたしはすでにその件にかんする情報を得ていたのです。

『あの女の身柄をわたしに渡して下さい。わたしがあなた方にかわって罰を与えてやりますから』とわたしは言いました。

ところが、彼らはわたしの言葉などに、てんから耳を貸そうとしないのです。しかし、軍法会議は見事なものでした。わたしは傍聴席にすわっていて、まるでオペラ『椿姫』を見ているかのような感動を覚えましたよ。

たおやかな細い体に、遊牧民《ベドウィン》の女のようなコーヒー色をした伯爵夫人は自分の罪を認めたのでした。

『わたくしは、この国の敵のために奉公できたことを誇りに思います』

法廷はまさに寛容と厳格さによって分裂しかねないほどでした。しかし、なんと言ったって、そこには国家反逆の文書と、その他の馬鹿げた証拠品が厳然としてあるのです。そこで軍事法廷としては量刑の決定に際して、前代未聞の情状酌量の要件と前代未聞の犯罪の重要性を勘案し、伯爵夫人ミハーリオヴァーにたいして禁固一年の判決を下さざるをえませんでした。わたしはさっきも言ったとおり、後にも先にも、こんな素晴らしい裁判を見たことはありませんでしたよ。

それから伯爵夫人が立ち上がり、明瞭な声で宣言しました。

『裁判長さま、すべてのチェコスロバキア軍将校のみなさまは、取り調べと拘留の間、わたくしにたいして、非の打ち所のないジェントルマンとして行動されたことを証言いたします』

それを聞くと、わたしはもう感動でほとんど声を上げて泣き出さんばかりでしたよ。

もっとも、みなさん方も思い当たることがおありでしょうが、人間、事の真相を知っているときには、それを口に出したくて舌がむずむずするものですよね。ですからね、わたしとしても、どうしても実のところをお話ししないと気がすまなかったのです。わたしは、人が真実を口にするのは悪意とか、愚かさからではなくて、ある種の必要ないしは、抑えがたい衝動からだと思うのです。

そこでです、事の真相というのはこういうことなのです。そのミハーリオヴァー令夫人は、以前、ウィーンで世上にその名も高かったウェスターマン大佐と知り合ったのですね。そして、彼にぞっこん参ってしまったのです。みなさん方もご存じのはずですよね、そのウェスターマンという男がどんな人物だったか。彼は英雄的行動をするのが職業みたいな人でね、彼の胸の上では勲章がチャリンチャリンと鈴みたいな音を立てていたくらいなのですよ。マリア・テレジア勲章、レオポルド勲章、鉄十字勲章、ダイヤモンド付の〝トルコの星〟勲章などなど。でも、わたしはそれらの勲章が戦争中の英雄的行動の証《あかし》であるかどうかは知りません。ですから、そのウェスターマンは考えられるかぎりの、いろんな非合法組織や、共謀や、政権転覆計画のリーダーだったのでしょうね。ただ、専制主義の体制〈第一次世界大戦終戦以前のハプスブルク・オーストリア政権〉の側から見ればですがね。

それで伯爵夫人はこの英雄にすっかり惚れ込んだものですから、彼女も彼に負けないくらいの手柄を立てたかったんですね。早い話、彼にたいする恋心から、殉教の名声を得るためにスパイのふりをし、自分でそのことを暴露したのです。こんな馬鹿なことの出来るのは女だけですね。

そんなわけで、わたしは彼女が入れられている監獄に行き、彼女を呼び出してもらいました。『マダム』わたしは彼女に言いました。『考えてもごらんなさい。監獄の中に一年間も入っているなんて体に毒ですよ。もし、あなた自分で思い込んでおられるスパイ事件というのが、そもそもどんな按配《あんばい》のものだったかお話しになっていただけるなら、新しい処理について請求できると思うのですがね』

『わたくしはもう真実を申し上げたつもりですわ』伯爵夫人は冷ややかにわたしに言いました。

『ですから、わたしにはこれ以上、申し上げることはございません』

『それにしても、まあ、なんてことです』わたしはいい加減腹も立ってきたので、それが口調にもあらわれました。『もう、いい加減にこんな馬鹿なことはお止めなさい。いいですか、ウェスターマン大佐はね、もう五十年も前に結婚していて、子供も三人いるんですよ！』

伯爵夫人は真っ青になりました。わたしはこれまでに女性がこんなに急に醜くなったのを見たことがありません。

『なによ……、そんなこと、あたしには関係ありませんわ！』という台詞《せりふ》は吐いたものの、歯の根も合わずといった様子でした。

『それに、こいつはあなたにも興味のあることだと思いますがね』わたしは大声で言いました。『そのあなたのウェスターマン大佐という男は、本当は、ヴァーツラフ・マーレクといって、プロスチェイヨフのパン屋なんですよ。いいですか、ここにその男の古い写真がありますがね、さあ、どうです、彼がおわかりですか？　ばかばかしい話じゃありませんか、伯爵夫人、こんなくそったれ野郎のために、あなたは監獄に入ったんですか？』

ミハーリオヴァー夫人は木像のように固くなってすわっていました。そのとき、わたしにも彼女が本当は〝生涯の夢を壊されたオールドミス〟であることがわかったのです。わたしは彼女が気の毒になってきました。そして、なんとなく恥ずかしくなりました。

『マダム』わたしは急いで言いました。『それでは、了解いたしました。こちらにあなたの弁護士を寄こしましょう。ですから、あとのことは弁護士に話して下さい』

ミハーリオヴァー夫人は体をしゃんと伸ばして立ち上がりました。青い顔をして、体は緊張で弓のように張っていました。

『いいえ』大きなため息をついて言いました。『必要ありません。わたしには弁護士に話すようなことはありません』

そして彼女は行きました。でも、ドアのむこうで人が倒れる音がしました。きっと引きつけでも起こして、ひっくり返ったのでしょう。

わたしは独り唇を噛みました。

『そうさ、もう、おわったんだ』と、心の中で言いました。『真実は守られた。だが、いまいましいことだが、真実はそれで全部だと言えるだろうか！　暴露と失望、この苦々しい真実、幻滅、つらい体験、すべてのことを合わせても、真実のほんの一部にすぎない。真実の全体はもっと大きい。その本質は、〝愛、誇り、情熱、野心は偉大にして狂的なもの〟〝いかなる犠牲も英雄的である〟〝愛に生きる人間はたとえようもなく美しく、驚嘆にあたいする存在である〟――ということだ。これが真実の第二の、そして大半を占める部分である。だが、これを見ることができ、また、言うことができるのは詩人だけである』とね」

「まったく、同感です」と警官のホラーレクが言った。「そいつは常に真実がどのように語れるかによります。去年、私たちはある横領犯を逮捕しました。それで私たちは彼の指紋を取るために、指紋管理室に連れていったのです。すると、その男はさっと身をひるがえして、通りに向いた二階の窓から飛び降りて逃亡を企てました。それで指紋検査官はとっさに逃亡犯のすぐあとから飛び降りたのですが、足の骨を折ってしまいました。その検査官はもうかなりの年配でしたが、うっかり、そのことを忘れていたのです。

そんなわけで、私たち警官仲間に何かが起こったときには、いつものことですが、私たちはかんかんになって怒ります。ですから、その男をふたたび逮捕したとき、私らちょっとばかり、そいつをかわいがってやったのです。

やがて、陪審裁判となり、私たちは証人として呼び出されました。その男の弁護士は私たちに言いました。

『みなさん、わたしはあなた方に不愉快な質問をしようとは思いません。そして、もし、質問があなた方に好ましくなければお答えにならなくてもけっこうです』

いいですか、その弁護士というのがね、毒の入った瓶みたいにぺらぺらと悪意のこもった弁舌を弄するやつなんですよ。

『しかしながら、わたしの依頼人が逃亡を企てたとき、あなた方は警察でかなり暴行を加えましたね、いかがです?』

『そんなことはありませんよ』私は言いました。『私たちは、ただ、飛び降りたときにどこかに怪我はなかったかと見ただけですよ。それで怪我はないとわかったとき、ちょっとばかり彼に忠告しただけです』

『そうすると、それはかなり、こっぴどい忠告だったようですな』その弁護士はきわめて慇懃な微笑を浮かべて言いました。『警察医の証言によりますと、わたくしの依頼人はその忠告の結果として、肋骨三本骨折と、およそ七百平方センチメートルの内出血を、主として背中に受けたとありますがね』

私は肩をすくめました。

『へえ、彼はその忠告を心臓にも受けたはずですがね、そっちのほうは、なんともなかったんですかね』と、私は言い返しました。そんなわけでね、言いようによっては何だって真実になります。ですから、真実には正しい言葉が必要です」

結婚詐欺師の話

「たしかに、それは本当です」刑事のホルプ氏が言って、控え目に咳払いをした。「われわれ警察に勤めているものにとって、前例のない、例外的な事件というのは、なんとなくいやなものです。私たちだってはじめて会う人には、なんとなく警戒感を持ちますよね。それにたいして、もうとっくに札つきのおなじみの悪党の仕業ということになれば、仕事の進め方もまったく違ってきます。最初から、これはあいつがやったんだなということがすぐにわかります。だってその仕事の手口がまさにその悪党のトレードマークみたいなものだからです。

それから第二に、そいつはどこに行けばつかまるかということもわかります。そして第三に、余計な手間は取らせませんし、否認もいたしません。なぜなら、つべこべ言ったところで、もはや仕方がないことを知っているからです。みなさん、こんな経験豊かな人間を相手に仕事をするというのは、これもひとつの喜びです。それに、あえて言うならば、監獄のなかでもこのような経験豊かな専門的犯罪者たちは、特別の知遇と信頼にあずかるものなのです。

それにたいして、新米の犯罪者やひょんな弾みで罪を犯して監獄に入ってきたような連中は不平たらたらで反抗的です。彼らはおのれの分をわきまえるということがないのです。逆に、キャリアの長い犯罪者は〝つかまる〟ことは仕事につきものの〝リスク〟であると割り切っていますので、いたずらに自分を責めたり、仕事の相棒を非難したりなどしません。でも、実を言うと、そのことと、これからお話ししようとしていることとは関係はありません。

昔、もう五年くらい前のことになるでしょうか、チェコの田舎で正体不明の結婚詐欺師が暗躍しているという報告が、あらゆる地方のすみずみから警察に届けられてきました。その報告書の記述によると、すごく太った、頭のはげた、かなりの年配で、口には五本の金歯をはめた男だったというのです。そしてミュラー、プロハースカ、シメク、シェベク、シンデルカ、ビーレク、フロマートカ、ピヴォダ、ベルゲル、ベイチェク、ストチェス、その他、いろんな名を名乗っているのだそうです。

ところが、なんと、その人体風貌に該当する結婚詐欺師なるものの記録は、私どものファイルのなかには収まっていないのです。こいつは誰だか知らんが新人に違いありません。そこで警察署長は私を呼んで言いました。

『ホルプ君、この件の調査のためにちょっと汽車旅行でもしてくれんか——そして、どこ行きの列車でもかまわん、一旦、列車に乗ったからには五本の金歯を入れた男がいないかどうか、細心の注意を払って調べてくれたまえ』

『わかりました』というわけで、私は列車に乗って、さっそく乗客の歯に注意し始めました。そして二週間後には、五本の金歯をはめた三人の男を逮捕していました。私は三人の男に身分証明書を提示させたのです。ところが、そのなかの一人は視学官であり、もう一人は、なんと、国会議員でした。ですから、そのために私が逮捕した三人の地位ある人びとからも、わが署の連中からも、どんなにくそみそに非難されたかについては、どうか聞かないでください。

そんなこともあって、私はもう、その悪党めを捕らえずにはおくものかと、かんかんになりました。〝怒り心頭に発す〟とはまさにこのことです。あいつは、たしかに、私の得意とするタイプの犯罪者ではありません。でも、私はあの野郎にこの仕返しをせずにはおくものかと固く心に誓ったのです。

そこで私は金歯の詐欺師から結婚の約束を抵当《かた》に金をだまし取られた身寄りのない女や未亡人たちを一人ずつプライベートに訪ねました。これらのひどい目に会わされた孤独な女や未亡人たちが、どれほど語るも涙の悲嘆を味あわされたか、そりゃあ、もう、みなさん方にはとても信じられないでしょうよ。

少なくとも、そのペテン師が知的で、きわめて堅実そうな紳士であったこと、金歯を入れていたこと、家庭生活についてそれはもう素晴らしく、つい信じてしまうほど情熱的に語ったという点では、みんなの証言は一致していました。ところが、それらの女性たちの誰ひとりとして、その結婚詐欺師の親指の指紋一つ取っていないのですよ。

いやはや、これらの女性たちの信じやすさというのは、まさに驚異でしたね。十一番目の犠牲者は、それはカメニツェ村に住んでいましたが、そのいきさつを涙ながらに語ってくれたものでした。その人は彼女のところに三回来たが、いつも朝の十時半ごろ汽車でやってきたということです。そして最後のとき、彼女の金をポケットにしまってから、彼女の家の番号を見て、驚いて言ったというのです。

『これはどうしたことだ、マジェンカさん、わたしたちが結婚するというのは、神のご意志ではないようですよ。お宅の家の番号は六一八番とあります。ところが、わたしがお宅を訪問するときに乗るのは、いつも六時十八分発の列車なのです。これはどうもいいお告げではありませんね！』

この話を聞いたとき『お嬢さん、これは誓って申しますがね、とってもいいお告げですよ』と私は言って、すぐに時間表を取り出し、十時三十五分にカメニツェ駅に到着する列車と接続する六時十八分発の列車がどの駅から出ているかを調べました。すべての列車を比較し、乗り継ぎを検討した結果、ビストジツェ・ノヴォヴェス駅発の列車が可能性としてはいちばんありそうなことがわかりました。

いいですか、みなさん、列車で捜査する刑事は列車の運行のことにも蘊蓄《うんちく》を積んでおかなければならないのですよ。

当然のことですが、一日休暇を取るとビストジツェ・ノヴォヴェス駅に出かけていき、金歯をした太っちょの男がこの駅から、すごく頻繁に出かけていないかとたずねました。『それだったら』駅長が私に言いました。『行商人のラッィナさんですよ、あそこの下町通りに住んでいます。ちょうど、昨日の晩、どこかから戻ってきました』

そこで、私はそのラッィナ氏を訪ねました。廊下ですごく小柄な清潔な感じの奥さんにぱったり出会いました。それで私は声をかけました。

『ラッィナさんはここにお住まいですか？』

『あたしの主人ですわ』彼女は言いました。『でも、昼食を食べてから、いま、眠っていますのよ』

『かまいませんよ』私はそう答えて、中に入りました。上着を脱いだ人物がソファーベッドの上に横になっていて、驚きの声を発しました。

『おやおや、これはこれは、ホルプ刑事、いや、ホルプの旦那じゃありませんか。かあさんや、ホルプさんに椅子をおすすめしなさい』

その途端、私のなかであらゆる怒りが氷解してしまいました。たしかに、この男はいかさま富籤売りの老詐欺師のプリフタでした。この連中がどんないかさまをやるか、みなさんもご存じでしょう。このプリフタは少なくとも、もう十回は牢屋にぶちこまれているはずです。

『なあんだ、ヴィンツェクじゃないか』私は言いました。『じゃあ、おまえ、いかさま富籤売りからは、もう足を洗ったのか？』

『当たり前でさあ』と言いながら、プリフタはソファーベッドの上に起きあがりました。『あいつは、あちこち歩き回らなければなりませんのでね、かなり足を使いますでしょう？　わたしゃ、もう若者というわけにはいきませんからね。五十二ですよ。この歳になりゃ、人間、だれだって、どこかに腰をすえたいじゃありませんか。家から家へと歩き回るのは、わたしらの年配の者にはもう無理ですわ』

『おまえが結婚詐欺師に鞍替えしたのはそのためか、えっ、このいかさま野郎』と私は言いました。

プリフタは軽くため息をつきつき言いました。

『そりゃねえ、ホルプの旦那、人間、食うためには何かをしなきゃなりませんからねえ。いいですか、最後にぶち込まれたとき、わたしゃ歯を痛めましてね、てっきり飯に出たあの豆のせいだと思いますがね。それで歯の治療をしなきゃならなかったんです、当然ですよね。ところがです、信じられますか、ホルプの旦那、金歯は人間を信用させるんですよ。おかげで〝つけ〟が利くようになりました。そうなると、人間、いい物を食うようになる、そのあげく太ってきます。どうしようもありませんやね、わたしらは、要するに、自分にあるものを元手に商売するよりしょうがないんです』

『で、金はどこにある?』私はたずねました。『この手帳のなかには、おまえさんの十一件におよぶ詐欺事件が書き込まれている。被害金額はトータルで二十一万六千コルンになる。その金はどこにある?』

『なんてことおっしゃるんです、ホルプの旦那』プリフタは言いました。『いいですか、ここにあるものはみんな家内のものです。商売は商売。わたしゃ、自分の身につけているもん以外は、なんにも持っちゃいません。つまり六百五十コルン、金時計、それに金歯。かあさん、おれはホルプさんと一緒にプラハまで行ってくる。ホルプの旦那、わたしゃ、まだ金歯の代金を支払わなくちゃならないんです。そうすると残りは三百コルンです。じゃあ、それをここに置きます』

『それと、百五十コルンは仕立屋に払わなくちゃならないわよ』とかあさんが注意しました。

『そうだった』プリフタは言いました。『どうです、ホルプの旦那、わたしがどんなに正直者かおわかりでしょうが。正直とは、あらゆることにおいて秩序を守ることです。ですから、誰にも借りがなけりゃ、どんなやつと目を合わせたって引け目を感じることはありませんやね。秩序っていうのは、要するに、相手の顔をじっと見るということです。こいつは、もはや、職業倫理の問題ということになりますな、ホルプの旦那。かあさん、おれのオーバーにちょっとブラシをかけといてくれ、プラハで恥ずかしい思いをせんで済むようにな。じゃあ、まいりましょうか』

　このとき、結婚詐欺師のプリフタは五ヵ月の禁固を食らったはずです。その女たちときたら、ほとんどが、陪審員の前で、その金は自分からすすんで彼に与えたものであり、そのことではもう彼を許していると証言したのです。ただ、一人の老婆だけが彼にたいして、いささかの容赦もしませんでした。しかも、それは裕福な後家で、やつはこの後家からたったの五千ぽっち吸い取っただけだったのです。

　それから半年ほどたってから、二件の結婚詐欺が迷宮入りだということを聞きました。それはプリフタに違いないと、私はピンときましたが、そのあとはその件について気にもしませんでした。私はちょうどそのころパルドビツェの駅で捜査の仕事についていましたのでね。というのは、その駅で頻繁に置き引き事件がおきていたのです。置き引きっておわかりですか？　駅のホームなどで、持ち主がほんのちょっと目を離した隙に手荷物のトランクなんかを盗むやつですよ。

　私はパルドビツェから一時間ほど離れた村の夏の別荘に家族を置いていたので、鞄のなかにソーセージやハムといった燻製《くんせい》の肉を買い込んでいました。ご存じでしょうが、田舎ではそんな食料は貴重品ですからね。そんなわけで汽車に乗り込み、いつもの習慣から列車の中を先頭から最後尾まで通り抜けていきました。すると、あるコンパートメントの席で、プリフタがどこかのかなりの年配のご婦人と一緒にすわって、この世界がいかに堕落しているかとさかんにまくしたてているじゃありませんか。

『やあ、プリフタ君』私は声をかけました。『また誰かと結婚の約束をしているのかい?』プリフタは顔を赤くしました。すぐ、その婦人に『わたしはこの人とここで商談をしなきゃならないんです』と言い訳をすると、私の後について通路に出てきました。そして、プリフタは非難げに私に言いました。

『ホルプの旦那、なにも人前であんなこと言わなくてもいいでしょう。あたしにだったら、ちょっと目配せすればすむことじゃありませんか。そしたら、わたしはおとなしく出てきますよ。それに、いったい、わたしに何の容疑があるというんです?』

『われわれのところには、また二件、通報が来ているんだよ、プリフタ』私は彼に言いました。『しかし、今日、おれは別の用事があるんだ。だから、おまえの身柄をパルドビツェの憲兵隊に引き渡す』

『なんてことおっしゃるんです、ホルプの旦那、そんなこと勘弁してくださいよ。わたしは旦那とだったら、もう、慣れっこです。旦那だってあたしのことよくご存じだ。わたしゃ旦那と一緒に行ったほうがましですよ。ねえ、ホルプの旦那、そうでしょう、古い馴染みじゃありませんか』

『そうはいかんのだ』私は言います。『おれはまず最初に家族のところに行く。一時間ばかりのところだ。その間、おれは、おまえをどうすればいいんだ?』

『わたしがあなたのお供をしますよ、ホルプの旦那』プリフタは提案しました。『少なくとも話し相手ができていいじゃありませんか』

『よし、わかった』というわけで、プリフタも同行することになりました。そして、すでに町を後にしたとき、プリフタは言いました。『ねえ、ホルプの旦那、わたしがそのトランクを持ちましょう。でもねえ、ホルプの旦那、あっしゃ、もう、かなり歳のいった男です。それなのにあんたが人前であたしに〝おまえ〟呼ばわりじゃ、ちょっと変な感じを与えるんじゃありませんか？』

そんなわけで、わたしは彼を妻や義理の兄弟たちに年上の古い友人プリフタ氏だと紹介しました。で、私の義理の妹というのがかなり美人で、年は二十五歳なのです。ところがこのプリフタめは、至極お上品で、落ち着いた口ぶりで話し、子供たちにも飴玉なんかを与えました――要するに、私たちがコーヒーを飲みおえると、プリフタ氏はお嬢さんや子供たちといっしょに散歩に行こうじゃないかと提案したのです。そして私は義理の兄弟たちとの大人だけの話があるだろうからと、さも若者同士の暗黙の了解があるかのように、私にウインクをしました。

たしかに、これは気の利いた気配りに見えますよね。そして一時間ほどして戻ってきたとき、子供たちはプリフタ氏の手を取って家に戻ってきましたし、義妹はまるでバラの花みたいに顔を染めていました。しかも、別れのときには、心なしか、握手の手をやや長すぎると思えるくらい握っていたようでした。

『おい、プリフタ』あとで私は言いました。『うちのマーニチュカの心を迷わそうなんて魂胆を持ったんじゃあるまいな?』

『いやあ、あれはもうわたしの習い性になっていましてね』プリフタはほとんど悲しげに言いました。『ホルプの旦那、そうなったからって、もはや、あっしのせいじゃありませんよ。この歯が悪いんです。わたしゃ、もう、こいつが不愉快でならないんですよ、ほんとに。あっしゃあ、女どもとは一度も愛についてなど話したことはないんです。この歳でそんなもの、もう似合いませんや。ところが、それだからこそ女どもは寄ってくるのです。ですから、あるときわたしは自分に言ったものです、〝女どもは、わたしがわたしであるがゆえにわたしを愛しているのではない。わたしにたいする見栄からなんだぞ〟とね。だってわたしは、どうも社会的に確固たる地位にある人間のように見えるらしいんですよ』

私たちがふたたびパルドビツェの駅に着いたとき、私はプリフタに言いました。

『プリフタよ、私はどうしてもおまえを憲兵に渡さなきゃならん。なぜならわたしはここである盗難事件の捜査をしなければならんからだ』

『ホルプの旦那』プラフタは懇願しました。『じゃあ、わたしをあそこのレストランに置いておいて下さい。わたしはお茶を飲みながら新聞でも読んでいますよ——これがわたしの有り金全部です。一万四千とちょっとあります。金がなくちゃ、わたしだって逃げ出すわけにはいきませんよ。だってわたしは勘定を払うにも文無しですからね』

それで私は彼を駅のレストランに置いて、自分の仕事に行きました。一時間ほどして窓から覗いてみますと、彼は自分の席にすわって、金の鼻眼鏡を掛け、新聞を読んでいました。それから三十分ほどして仕事をおわり、彼のもとに戻ってきました。すると、どうです、今度はもう、どこかのすごく肉づきのいいブロンドの奥さんと一緒に隣のテーブルにすわり、彼女のコーヒーにミルクの薄膜が浮いていたと、威厳をもってウェーターに小言を言っていました。私を目にすると、彼はそのご婦人にうやうやしくささやいてから、私のほうに来ました。

『ホルプの旦那』彼は言いました。『わたしを逮捕するの、一週間延ばしてもらえませんかね？　今度こそ、わたしはほんとうに、まともな仕事を持てそうなんですよ』

『彼女、すごく金持ちなのか？』私はたずねました。

プリフタはちょっと手を振りました。

『ホルプの旦那』彼は小声でささやきました。『工場を持っているんですぜ。それで、何よりも必要なのは、いろいろとアドバイスをしてくれる経験豊かな人物だというんです。いま、ちょうど新しい機械の支払いをすることになっているらしいんです』

『ああ、そうかい、じゃあ、来たまえ、わたしが紹介してやろう』そして私はその奥さんのところに行きました。『やあ、これはどうしたことだい、ロイジチュカちゃん、まだ、こんなお年寄りの紳士を引っかけているのかい？』

そのブロンドの淑女は肩のあたりまで真っ赤になって言いました。

『あら、なんてことかしら、ホルプさん。あたし存じませんでしたわ、あの方があなたのお友達だなんて！』

『じゃあ、さっさと消えるんだな』私は彼女に言いました。『ドゥンドル警部殿はおまえさんと話をしたがってるだろうな。いいかね、警部殿はおまえさんのやっているようなことを詐欺だと言っているんだぞ』

　プリフタはひどくショックを受けていました。

『ホルプの旦那』彼は言いました。『あの上品な奥さんまでが女詐欺師とは、まったく信じられませんよ！』

『ところが、そうなんだよ』私はプリフタに言いました。『そのうえ、尻軽女ときている。思ってもみたまえ、あの女は結婚の約束のもとに、いい歳をした爺さんたちから金をまき上げているんだ』

　プリフタは真っ青になりました。『なんてこったい』彼は唾を吐きました。『そんな女たちがいるなんて、じゃあ、人間、女にゃ油断も隙もならないってわけですかい！　ホルプの旦那、こうなりゃ、もう、この世も末ですなあ！』

『じゃあ、ちょっとここで待ってろ、おまえにもプラハまでの切符を買ってやろう。二等にするか三等にするか？』

『ホルプの旦那』プリフタは反対しました。『そりゃあ金の無駄ですよ。わたしゃ逮捕された人間ですからね、列車にただ《ロハ》で乗る権利があるはずでしょう、ですよね？　そんなら国の経費でわたしを運んでください。わたしみたいな商売をしている人間はね、銅貨一枚無駄には出来ないんです』

プラハまでの旅のあいだじゅう、プリフタは『こいつはね、旦那、かつてわたしが体験したなかで最高の道義的ルール違反です』といって、あの女のことをさんざんにこきおろしていました。プラハで列車を降りたときプリフタは言いました。

『ホルプの旦那、わたしゃ、今度は七ヵ月食らいますな。でも、わたしにゃ、あの監獄の飯はどうも合いませんのですよ。それでね、わたしゃ、もう一度くらいは人間らしい食い物をたべたいのです。旦那がわたしから取り上げた一万四千コルンですがね、あれが今度の仕事で稼いだすべてです――ですからね、あれからせめて夕飯くらいはまともなものを食わせてくださいよ。そのお礼に、コーヒーでもおごらせていただきますよ』

そこで私たちは一緒に、一軒の比較的ましな飲み屋に入りました。プリフタは自分用にロースト・ビーフを注文し、ビールを五杯飲みました。そして私は、居酒屋の亭主がごまかさないようにと、プリフタが勘定書きを三度も勘定し直した後で、彼の財布からその代金を払いました。

『じゃあ、これから警察署だ』と私は告げました。

『ちょい待ち、ホルプの旦那』プリフタが言いました。『わたしは今度の仕事ではすごく経費がかかりました。あそこまで四往復、片道四十八コルン、合計で三百八十四コルンになります』

そう言いながら鼻眼鏡をかけて、紙切れに書いて計算しました。

『それから食費、仮に一日につき三十コルンとしましょう。わたしはちゃんとした食生活をしなければなりませんからね、ホルプの旦那、それだって商売のための必要経費です。そうすると、それが百二十コルンになります。次に、わたしはあのオールド・ミスに花束を贈りましたが、それが三十五コルン。だって、それが礼儀というもんでしょう。婚約指輪が二百四十コルン――メッキでしたがね、ホルプの旦那。もし、わたしが不正直な人間なら、純金だと言って六百コルン計上したでしょうがね、そうでしょう？　それからわたしは彼女のためにケーキを取りましたが、それが三十コルン。それと五通の手紙、各一コルン、彼女と知り合うための三行広告が十八コルン。これが全部で八百三十二コルンになりますな、ホルプの旦那。すみませんが、この金額は没収される有り金の中からわたしのものとして差っ引いて下さい。で、とりあえず、それをあなたにお預けします。わたしはね、ホルプの旦那、物事のけじめをはっきりさせたいほうなのです。少なくともこの経費は控除しておいてもらわなきゃなりません。さてと、では、まいりましょうか』

やがて警察署の廊下まで来たとき、そのプリフタは突然、思い出しました。

『そうだ、ホルプの旦那、わたしゃあの老嬢に香水をプレゼントしたんでした。そうするとわたしの債権はあと二十コルン増えますな』

そして、ていねいに鼻をかむと、落ち着き払って引かれていきました」

輝ける深淵

距離の敷居を踏み越え、ヨーロッパの岸辺を超えて、海の彼方の、船舶でいっぱいな港に行けと絶えず、私をそそのかすものが何かは私にもわからない。私の人生をとおして、あらゆる時期に外洋へ旅立とうという願望でもって私を満たすのは何故か、それも私にはわからない。そして遂に、サウサンプトンからアメリカへ航海するオツェアニック号に乗船する決意を固めるまでにはずいぶんと時間を要した。オツェアニックは今日、船体をへこまされ、破壊されて、大海原の底に横たわっている。しかし、あのころはこの巨大な船は七層の甲板をもち、巡航速度二十ノット以上の速さを誇り、総重量五万トンもあったものだ。三千人の乗客はその船に乗り、豪華さと安全のなかで航海し、この巨大さと豪華さは、それだけで不沈船のように見え、驚愕すべき結末を迎えようとは、誰一人として予想もしなかった。

乗船客のなかの一部は、好みに応じて気晴らしのための国際的なグループを作っていた。ここにはあらゆる種類の言葉の人たちや、何の目的やらさっぱり見当もつかない意図を秘めた人たちがいるかと思えば、他の人たちは取り引きの網を国際的に広げようとする人、そしてまた、そのほか、ぼくのように新しい人生の岸辺を探している人もいた。そこには好奇心に胸を大きく膨らませている若い女性たち、なかには音楽と幸せに笑顔を輝かせ、生気をみなぎらせる娘たちもいた。なかには安楽椅子に横たわり熱い言葉で語り合い、目ではあらゆる男たちを挑発する女たちもいた。さらに魅力的なのはもの思いにふけりながら大洋を見つめている女性たち、そのほかにも恐怖と喜びの間で、海を見たときに覚える病的なめまいに、頬をバラ色に染める人たちもいた。

——一日中、太陽の光に温められた風、一日中続く波の、奇跡の海に挑発された無限の揺れ、その波に乗って大きな船体が重々しく持ち上げられる。航行中、鐘を鳴らし、汽笛を鳴らし、虹色のしぶきのなかを駆けていく。これほど大きな船がいまだかつてこの大洋に浮かんだことはない。

——輝ける晩餐の、黄金のホールはいっぱいとなり、甲板では人びとの間に音楽が喜びの流れとなってすり抜け、海上での威風堂々たる勝利の行進、騒々しい歓喜の響きとなる。何たる高揚、旅の魔術、美しさから海へ、何たる陶酔！　しかし、どうしてこのすべてのものがぼくを満たさないのだろう。どうして、いつのまにか、ぼくは、ともすると、とくに、どうかすると横のほうにそれていってしまうのだろう？

——煙突の下のところに、熱と油にまみれて汗をかいている黒人が腰を下ろして、うたっている。船員たちが呼んでいる、上部からは鐘のシグナルが降ってくる、そして勤務規則が急激に混乱する。船底から機関の熱いエネルギッシュな息が吹き上がってくる。一瞬一瞬、私たちの距離感と速度感が増大してくる。

これらのものすべてを目の当たりにしながら、どうしてぼくの心は満たされないのだろう？私は移民たちがいる下のほうのデッキや、上甲板の水泳者たちのあいだをさまよっていた。私は船の階段の、迷路のなかで道に迷い、その複雑な構造に当惑した。そして私はこれまで来たこともない甲板を隔てる仕切りのところまで上ってきた。私は自分がどうしたいのかもわからなかった。人びとは行き交い、私が見たいと思う若い娘を、私の目から隠した。

彼女を見たい！　彼女は顔をそむけて一人ですわっている。悲しみが彼女の服の上に漂っている。そしてさらに、私は、風に吹かれて乱れる彼女の髪を見ている。ああ、あの娘は何に身を捧げようというのだろう？　これほど身じろぎもせずに、じっとすわっているというのは、いったいどんな静寂が彼女の感覚を占めているのだろう。どんな感情がこのような静けさのなかに彼女を落ち着かせているのだろう。この長い、しかも自由な動きのなかに憩うている。動きは心の奥底から大きく解放されているのだろうか？

いったい女性のなかでどの女性が一番美しく、気立てもよいのだろうと、いつも考えていた。

でも、彼女たちの美しさに驚き、私の胸はいままでとは異なり、ひどく興奮していたとしても、それでも私は感情の発作にそそのかされて、私の心を大きく開くという衝動に捉えられたことはない。

彼女たちも、しかし、彼女らの美しさに驚嘆し、私の心臓は、それでも感情の高揚によって開襟を開くこともしなかった。彼女らも、また、私の前で決して忘れられないような目を私に向けたことはない。私に絶対忘れられないのは、あるとき、ものすごく長いあいだ私を見ていたこと、そして一瞬ではあるが、その視線は信頼で満たされた。このことだって絶対に忘れられない。彼女が目を閉じる。頬をピンク色に染めて、でも、顔をそむけようとはしなかった。バラ色の息を喜びと愛情の感情を込めて、私に吐きかける。彼女らは、決して私のほうに目を向けようとはしなかった。これほどまでに愛に満ち、これほどまでに愛にあふれているのに、この違いがわかる人がいるだろうか？　人間のなかなる天使の心、その違いがあなたたちの誰かにわかるだろうか？　この違いのわかる人びとの天使の心、眼のなかに愛を読みなさい。その両の眼のなかに、大きく拡大された光のなかに現われた亡霊ででもあるかのような彼女たちを見出すだろう。そして、あなた方には、あるいは、あなた方自身の感情が、驚くべき明るさと豊かさで、まるであなた方が素っ裸にされたように現われてくるだろう。

さて、ここで、一息入れましょう。自由と大きな広がりの特別の一息です。なぜならすべては無限の広がりだからです。――いかなる羞恥が花咲く呼吸で彼女の顔を覆うのだろう。いかなる弱々しさが、私のほうへ漂ってくるかのようにも見える、彼女の動きを解放しているのだろうか？　いま、一瞬、受動性という唯一の動きのなかで、無窮の持続という位置で微動だにせず憩うている。いまは、愛が生まれる最高に緊張した瞬間だ。私の無骨さと彼女の人生を形《かたち》作る美しさとのあいだの無限の幸福。私の人生と彼女の、百合のように起立する人生との共生が生まれる！

どんな心の深みから、愛の悲しみは生まれてくるのだろう？　夜は長く、そして不安だ。わたしを取り巻くものすべてから来る不安から生まれ出る苦悩に当惑を覚える。心配と苦悩は私の心臓を締め付け、愛の情念で私にやけどを負わせる。私の全生命は開放され、愛で満たされる。なぜなら――なぜなら愛のなかにはそのすべてがあるからだ。感情、幸福、奇跡、期待、夢。このすべては夢だ。美しい夢が私の周りを取り巻く。そして奇妙な風に流れ去っていきながら新しい現実を築き上げる。このすべては愛だ。いま、私には、哲学者が言うように、余すところなく愛に献身する以外に何も出来ないことが、いま、私にははっきりした。奇跡を産む愛よ、私の心臓の一歩先に、私の未来が横たわっている。未来よ、原因と経過と結末を、われに示せ。私を創造し、私を満たし、私の前にその姿をもたらせ。流れ去る愛よ、私の知らぬ方向へ、私を連れて行ってくれ！

無限に開放された、果てしなき現実よ、最高の快楽の瞬間に、あの夢のような感覚はどこから生まれるのだ？　大衆の至福は幸福の瞬間に、あなたは、もしかしたら、これは夢ではないだろうかという、奇妙な幻想を覚えた経験がおありだろう。恋に夢中になっている最中に、私は、これはきっと夢に違いないという口には出せない感情を覚えたことがある。あらゆる人間の夢は混沌としており、内面的な心の迷いから生まれている。夢の中には、私たちの内面には常に存在しながら意識されざる心のなかの混沌が現われる。それゆえに、すべての混沌は（なぜなら、最大の苦痛と快感は混沌によって満たされているからである）夢に似ており、おそらくそれ自身のなかにも含み込んでいるのかもしれない。

かくして、私の愛も、そのなかに現われる悦びも、そして、やがて現われる恐ろしいもの、そのすべてが深い夢のなかに溶解する。夢の真ん中に、私の心の、言うに言われぬ苦痛と恐怖が差し込んでくる。そして私の心は決してこの悪夢を取り去ることができない。

その悲劇の深夜、オッェアニック号は氷の海を、もう一つの奇跡の別世界へ向けて航海を続けていた。その世界を人間の、恐怖の状況のなかに探し当ててごらん。そこには火山の噴火があり、劇場の火災があり、地震があり、船火事があり、列車の衝突があり、炭坑の地下爆発がある。現代世界最大級の、これまでの人間の創造物のなかで、もっとも完璧なもの、そしてあらゆる人間の技術の粋を極めた作品こそ、このオッェアニック号である。

この奇跡の船はその最初の海への船出の航海で、もっともしげく船の往来する海のドライヴ・ウエーで氷山に衝突し、めちゃめちゃに粉砕されて、新しい土地へと運んでいた二千人の乗客とともに海底に横たわることになったのである。この驚愕すべきシーンに遭遇して、全世界が恐慌に陥り、恐慌の叫びを上げた。私は生涯、この恐怖の光景から、決して、目をそむけることはできないだろう。

海面上、高く輝く幻の船影、長い航海のあいだの歓楽、常軌を逸した海上の飛行、そのすべては、突然、混乱のなかにおちいり、すべての明かりは消え、恐ろしい闇のなかに消える。そして床も壁もない、真っ暗な寒さの中に私はいる。

風がヒューヒューと鳴る夜、船は死神に取りつかれた。星々からか、海底《みなそこ》からか、死の香りが、突風のように吹きつけてくる。視線の届くところ（無限への視野、なぜなら死にゆくものの視線は、その落ち着くところを知らないから）は、死の世界によこたわっている。それは水の流れの音のように、凍って波打つ氷の海のように、無限に香りの漂う水のようだ。また、それは境界もなければ数限りない人間の群のように、深い時間のなかでひしめいている。私は死神を間近に見た。それは海上の幽霊船だった。限りなく水は香り、天は境界もなく、数え切れないほどの群集が深い時間のなかでひしめき合っている。

もっとも深い闇の真ん中で、私の前に死についての思考が開け、私を自分のほうに引き寄せた。人間の群れのなかに、私が不安と、絶えざる苦痛のうちに愛していた娘を探した。恋人たちがこんなにしばしば一緒に死にたいと願うのは、何を意味するのだろう？　一緒に死にたいという、不思議な、あまりにも強烈な愛の感情。目がくらみそうな深淵へ共に飛び込む、そして二人で一緒に無限のひろがりのなかを漂う。あらゆるものの限界まで、永遠の結合、絶えることなく共に！

おお、今回、私はなぜ死ななかったのだろう？　どうして二人とも死ななかったのだろう。何てことだ、私は彼女を永久に失った。しかし私たちを結び合わせていた死が、完全に私たちを引き裂くなんてできっこない。彼女は死んだ、死んでしまった。私の心臓も死んでいる。しかし私の彼女への愛は続く。まったく超現実的に、死後にも続く愛。

おお、愛よ、永久にお前をこう呼ぼう。死後も、すべてが死に絶えた後も、生命が消滅したあとも、墓はどこにもなく消滅した。彼女は永久に非現実のなかに存在する！　どこで一緒になれる、私たちだけに、永遠に、何千回も？　一緒に、私たちだけに、それは何と魅惑的なことか、そしてなんと限りなき悲しみであることか！

共に、永久に、私がこの言葉を絶えず繰り返さなければならない、この奇妙な言葉にいかなる涙が注がれるというのだ！　目を閉じて私が見る、奇跡の愛の画像は絶対に変化しない。それは死んでいる。そして、リアリティーを排除された影は永久に私の生命を自分のほうへ引き寄せる。そして、私の生命から奇妙なエクスタシーを作り出す。——

オツェアニック号はすでにその目的地に近づいていた。そこは氷山海域でもあった。夕方になって（星空のもと、凍てつくような寒い夜）、冷たい風が氷山の接近を知らせていた。なぜなら、寒冷領域が広い氷原を越えてあたり一帯に押し寄せていたからだ。オツェアニック号が氷山に衝突したとき深い夜の眠りのなかにあった。そしてこの誇り高き旅客船が、その上にとどまっていたすべての人びとと共に、大きな岩のように二千メートルの海底にたどり着くまでには、三時間もの時間がかかった。――

私は激しい衝撃を感じ、廊下で走り回る大勢の人びとの足音を聞いた。しかし、そのあとになってやっと、私は船のエンジンが止まっているのに気づき、そのとき私は「ぞーっ」とするような恐怖を覚えた。たとえ甲板の上でも多くの恐怖と混乱には変わりはない。それでも、誰一人として船が改修不能な破損を受けたとは思いもしなかった。だからみんなは救命ボートに乗り込むことをためらった。なぜなら、眼下の深みに目をやれば恐ろしく、その深みから、まるで墓を開いたときのような、背筋の寒くなるようなひんやりとした冷たい風が吹いてきたからだ。たぶん、大規模な救助活動は、すべての努力が人命救助に向けられ人びとのなかに生の恐怖、生命の荒々しい本能、死の前に立たされた恐怖が全身にみなぎり、そのことを全員が理解したときになって、やっとはじまった。群集が大急ぎでボートのなかに飛び込み、秩序を保つために人びとに向かって銃を発射せざるをえない恐ろしいパニック場面が出現したのである。

私は救命ボートが、実は乗客のほぼ三分の一の人数しか収容できないことを知っていた。それ以外の乗客は全員、心からの人間的助けも受けられず、一筋の希望の光さえもなしに、死ぬべく、全員のなかから見捨てられ、救いなしの明確な意識をもって目を見開き、いま起ころうとする、予想もつかない事態を前にしても曇らされない魂の表情をもって死んでいかなければならない。オツェアニックの船上では二十歳代の青年が死んだ。あまりにも長く機械の操作盤の前に残っていたからだ。他の人たちを助けるのを手伝っていた人たちは全員、自発的に死んでいった。そして世界に範を示したのだ。

その人たちは著名な、また権力と富をもち、人生の最高の喜びをエンジョイしていた人たちだった。これらの人たちは、それでも、その他の大勢の幸福を知らない人よりも生命に執着していなかった。救助された人たちは子供たちみんなと、大部分の女性たちだった。なぜなら、人間のすべての生命は女性に由来しているからだ。あるところで大勢の人がみんな死んだとしたら、それは人間が最後に残す象徴的な驚くべき人間像となるだろう。人間のヒロイズムあるいは人間の弱点、心配ごと、痛み、あきらめ、あるいは死に至るまでの犠牲的精神。

全世界は驚きのなかでこの地獄絵を見た。そして、私たちを取り囲む永遠の不確定性と顔と顔をつき合わせて、愕然としながら震えているだろう。オツェアニック号の悲劇のあと、私たちの記憶としては最大の、大勢の人が一般世論に向かって発言し、この悲劇にたいして責任は誰にあるのだと問うた。この悲劇の船を建造したブルー・スター商船会社と最初で最後の航海を指揮した船長が、裁判所に訴えられた。速度記録が誤って伝えられ、最短の大西洋航海についてばかばかしい賭けが行なわれた。こうして、理解不能な、この不幸の原因が回避可能だったのか、あるいは罰することのできる罪だったのかを探しながら、みんなは自分の恐怖を癒そうと望んでいるのだ。いま、船長は自分の義務を全うして死んだ。だから自分のことについて証言することはできない。

旅客船オツェアニック号は安全と快適な乗り心地の奇跡として建造された。救命ボートの数はあまりにも少なかった。それでも、船の重量にたいする要求は満たしていた。調査を任じられたロンドンの商業委員会は、オツェアニック号の事故にかんしては法律的にも、勤務条例にも、その原因として認定しうるものはまったく発見できなかったという、悪名高き判定結果を提出した。そのあとで、直ちに当該裁判所は、以後、大西洋航路につく船舶は氷山海域を回避して航海するようにとの裁定を下した。これにたいしてイギリスおよびドイツの船長たちは全員、異議を唱えた。そこで述べられたことは、氷山との接近が方向転換の理由にはならない。速度がこの悲劇の原因ではなく、むしろその原因は、船舶および氷山両者の重量にある。もし、オツェアニック号が中速で航海し、この船の重量が氷山に衝突していたら、その衝撃はいずれにしろ同じであり、船体は裂け、船の横っ腹を砕いていただろう。

かくも恐ろしい不幸の原因という概念の有効性がすべて消えてしまう、その、まさに、ここで私たちは、この悲劇本来の性質を問うところで足を止めよう。船舶の重量と速力の増大にともなって、その慣性も増大した。慣性の増大にともなって、停船ないし船舶の回避行動に要する時間も増大し、船舶同士の衝突の可能性も倍加される。あまりにも大きな船は、あらゆる嵐にも、海流の変化にも抵抗できるが、ただ、それ自体の大きさと速さと、完全性に、すでに屈しているのである。人間の作品は際限もなく完璧となり、正しくなっていく。永遠に人間の理性そのものに接近し、真似ようとする。

しかしながら、それらは最初から二つの系列に分かれているように思われる。その一つ、ここでは人間の造形的創造力が発展し、すべての巨大な建造物が因果関係に則り、正確に構築される。そして今ひとつの欠陥グループは非合理的で因果関係にもよらず、混乱と無秩序のなかから生まれる。だから、人間には永久に手に負えないのだ。なぜなら、それは無意識と乱雑さに由来するからだ。これら二つの系列は絶えず人生のなかを貫通し、片方の系列の延長は、もうひとつの系列の延長をも意味し、新しい完全性は、常に新しい欠陥の可能性をも秘めているからである。

もし人間の作品が驚異的であるならば、それは常に破壊の脅威に支配されている。しかしこの関係でさえ何らかの破壊の法則というものではない。もし、その法則というものがあれば、人間はそれを支配することができる。しかし人間はそれを支配してはいない。

それではこの非合理な悲劇の原因になるような人間、または物は、もともとどこにあったのだろう？　なぜなら、もし誰かに罪を着せることができるなら、憎しみと安堵感によって、私は非常な幸福感を覚えるだろうからだ。いったいどんな理由から、すべてのものが永遠の運命によって運命づけられており、その運命のなかにすべての理由が隠されているなんてことを信じなければならないのだ？　どうやったら最高原因の核心に逃げ込むことができるのだ？　また、最高位の意志の光で目をくらまされるということがあるものだろうか？　私の残余の人生を、その手に託すべき人はどこにも、また誰もいない。

私は死の空虚の中に立ち、混乱と原因不明の不条理な滅亡におびえている。その死の空虚は内容を排除された私の人生の内奥にまで浸透してきている。私の人生は、いまは、苦しみ、明日になれば、もはや底なしの暗い穴のなかにある。

オツェアニックが沈没した世界のなかでの位置は天の星だけが示し、そして彼らの死を証言しながら、永遠に人間の墓の上を照らしている。そして彼らの死を、そして、私の愛のみが美の形をしていることを示している。私は最後の瞬間にその美がどんなものであったかを見る。たぶん、そのときすでに幻覚におちいっているだろう。そのとき、彼女の目は人間の理性的な光を失っており、弱さと苦痛の天国的表現になっている。それはまた私の愛を永遠の同情、心臓のもっとも純粋な永遠の涙、私たちの悪い内面ができるような、そんなものに変えている。

彼女が私と一緒に死ぬようにと願望する、なにか秘密の、残酷な欲求が私のなかにある。その邪悪な想念にそそのかされて、群衆のなかに彼女を探した。心臓は凍りつき、絶望的に、何とか助かろうとして、私の死への通路に立ちふさがろうとする人びとともみ合った。私は遠くから彼女を見つけていた。そして私の魂は目覚め、私の内面にあるすべての悪が、彼らの目の輝きが作りだす怪しげなる形象におびえていた。人生なんて保護や同情の必要な弱者の生命のような人生ほどの価値もない。無防備な表情よりも純粋なものはない。なぜなら、人間の心のなかにある善良なものと、やさしさしか呼び出されないからだ。

あの時、私のなかのすべての生命が最後の輝きを見せた。それは生命の神秘の炎の最後の燃焼だった。それは人間の内部から闇を貫通してすべての暗黒を包み込み、そのなかに世界が現われる。やがて、間もなく、すべては急に消え、闇が吹きつけ、そのなかから永遠に絶えることのない愁嘆《しゅうたん》の声が聞こえてくる。

ふと気がつくと私はリボルバーを手にした憲兵の前に立っていた。彼らはリボルバーで救命ボートの前に群がる群衆をボートから引き離そうとしていた。群衆の後ろにいた彼女が、不思議なことに、まるで夢が終わったかのように消えていた。

最後の救命ボートが放されたとき、客船が突然死んだようになり、暗くなった。波の音はいつまでも間近に聞こえ、空は無限の深みの中に沈んでいくかのように、絶えず遠ざかっているような気がした。甲板上の大勢の乗客たちは、波の音にも負けない大声を上げ、世界中の騒音のなかに葬送ミサ曲の最初の一声を送り込んでいた。

海上には十六隻の救命ボートが、死のかわりに漂っていた。私には、これが私の最後の思考であること、それはオツェアニックの甲板の上ではなく、私はもう決して、二度とあの船を目にすることはあるまいということがわかっていた。

私は、いま一度、死神だか何だかを探していた。私は海のなかに飛び込んだ。そして救命ボートのあとから海面を漂っていた。なぜなら、人間は最後の瞬間まで死神に選ばれなければ死ぬことはできないからだ。そのときオツェアニック号は前のめりになるように傾き、切り立つように、船尾を垂直に高く掲げ、一瞬、停止したかと思うと、急に海底に向かって沈んでいった。

朝になってカルパチア軍の救助艇が来たが、救命ボートに乗って助かったもの以外は広い海上にはもはや誰もいなかった。だが、彼女は救助されたものたちのなかにも、葬儀のために地上に運び上げられた者のなかにもいなかった。すべての生命が私の目の前から姿を消してしまった。そして無限の空虚が私を包み込んだ。私のまわりのどこにも、私の手に触れられるような人はいない。世界中のすべての人間が地球上から消えてしまった。私が見ているのは、ただ、雑然としたものたちの影にしか過ぎない。私は彼らに我慢ができないが、彼らの前から姿を消すこともできない。私は溺死者たちの手紙を持っている。すべてがオッェアニック号の乗客の手紙だ。それなのにどれが彼女の名前かさえ私は知らないのだ。それらの名前のなかに、涙のなかに沈んだ、そして無限の繰り返しのなかに沈んだ甘い名前がある。

そのほかのものはすべて、ただの影だ。それに私は、実際に自分の目で見た事実しか考えられない。不気味な船人間の形を運んできた、そして氷の破片のようにいまはもう、海水のなかに溶解してしまった。このすべての夢に私は永久にこの悲しみを満たすことにしよう。

私は彼女のことを考えている。彼女は消息不明という奇妙な世界のなかにいる。私自身はいつも彼女と結びつき、彼女のいる非現実のなかを、独り、絶えずさまよっている。

私のまわりには、まったく何にもない。私の生命はただの見かけだけ、そして何によっても終わりとはならない。

私の魂を、どうか、お哀れみください！

訳者あとがき

今回のカレル・チャペック短編集は、そのなかの数編を例外とすれば、それほど深刻ではない。そんなチャペックの軽妙で、おしゃれな作品をむしろ選んで集めた。でも、どんなにおいしい、甘口の料理でも反対の性質、塩分を多少加えなければ、本当の甘さは強調されない。同様に今回の作品集にも、塩味とも言える作品を何編か加えた。

ここに集めた短編作品は、たしかに、書いているチャペック自身が楽しんでいるという様子が伺われなくもない。だから、これは怖そうだとか、むずかしそうに思われるものは思いっきって、すっ飛ばして読んでいただいたほうがいいかもしれない。もともと、この作品集は、いろんなところから——すでに前に一度言ったが——脈絡とか整合性とか主題性とかいう法則に即して編集されたものではないからである。

いつでも手の届く身近なところに置いておいて、ふと、生活におもしろみが欲しいと思われたときに、もう読んだからといわずに、手にとって、どこでもいいから、またページを開いていただきたい。そこにはいたずらっぽい顔のチャペックさんが待っているだろう。

チャペック流、軽くて面白い――もちろん重くて深刻な作品がないといっているわけではない――そんな作品も今回の短編集のなかに入っている。もともとチャペックの小説はテーマ性をもって、読者の頭を痛めてやろうという意図では書かれていないかのように見える。それがチャペックの魂胆だが、逆に、その面白さだけに引っかかると、今回の作品集のどこかにあるような、「不眠症」になりそうな深刻なものを読みすごしてしまうかもしれない。とくに、チャペック兄弟が書いた作品群がそうだ。今回の編集ではカレル・チャペックとヨゼフ・チャペックが共同で書いた時期の作品もあるが、煩雑を避けるため、すべてカレル・チャペックの名前で統一した。

共同の名前で出版した短編集は『輝ける深淵』（一九一六）と『クラコノシュの庭』（一九一七）であるが、出版の順序は逆になっていて、あとに書かれたほうが先に出版された。『死の晩餐』は後者に入っているものであり、兄弟とも二十代のころの作品である。これらの作品のなかにすでにそれぞれの個性があらわれ、共著ではやっていけない相違を相互に感じ取ったのだろう。前回の『短編集』に紹介した「二度のキスのあいだに」はカレル・チャペックにとっては初めて公にされるカレル独自の作品だといわれている。

一般的に言って、チャペックの文章は彼が新聞記者になってから、なめらかになり、読みやすくなるが、それ以前の作品の文章、つまり「二度のキスのあいだに」をはじめとする『輝ける深淵』『クラコノシュの庭』に収められた文章はともに難解である。

彼が新聞社に入って、誰にもわかる文章を書くことに目覚めて以来、新聞の記事に口語体を用いるようになった。これがほかの作家にも影響を及ぼしていき、チェコの作家全体の傾向が口語体になったといわれている。

日本では山田美妙が文学の世界でこれを行い、明治の末年ごろ口語体文学が完成したといわれている（とはいえ、現代のわれわれには、それでも、まだ難解である）。日本にはまさに文学におけるカレル・チャペックこそは生まれなかったが、そのころ日本ではこの文体の作家、芥川龍之介を生んだ。童話の『蜘蛛の糸』『羅生門』などの傑作物語《プシービエフ》はすばらしい。ちなみにチャペックが一八九〇年生まれなのにたいし、芥川龍之介は一八九二年生まれで、まさしく同時代人だ。芥川が自殺しなかったら、チャペックよりも長生きしたはずである。

　要は、ここで言いたいのはチェコにおける言文一致を実現したのは、チャペック作品の出現によってであり、チェコ文学における言文一致のきっかけを作った人物だということである。もちろん、一国の文化の一部門がたった一人の人間によって、急旋回するとも思えないが、その端緒となったのはたしかだろう。チャペックは第二次世界大戦のあいだに、フランスの現代詩のチェコ語訳を行ったが、これは言葉の使い方から、言葉のニュアンスの使い分けから、その他、多くの影響をチェコの現代詩に与えたとヴィーチェスラフ・ネズヴァルは証言している。

　チャペックの文章を読んでいると、これがまさに『造形芸術受容における美学の客観的方法』などという博士論文を書いて博士号をもつ人物とは――とくに日本では――とても信じがたい。日本では文学系の博士は非常にまれである。どこかの有名な若手の学者や研究者、はっきり言って、何とか大学の教授も、たいていは博士課程単位取得後退学である。この話は、チャペックとは直接関係ないからここではやめておこう。

ところで、チャペックの言葉の問題だが、わたしがチャペックを訳すと、いつか気がつくと、いつの間にか、話し言葉になっていている。もちろんそうでない場合もある、それはチャペックさんのそのときの文体がそうなっていないからである。やはり翻訳家にとっては原文が大切である。原文の形式、内容がつまらないということは、やはり著者の思想的深みにも問題があるように思われる。（実は、翻訳家にも思想家的素質が要求される。そしてここでも用いる言葉の品格が必要である。というと、すぐに上品な言葉かというような次元に議論は低迷していくが、そうではない）。そういう意味での品格なら文章を書く人間には邪魔である。わたしが言いたいのは、人物と言葉の様式、そして、その様式的結合が破綻したときにあるドラマがはじまる。（ここではとくに三部作のなかの『流星』を参考にしていただきたい）。

以上、今回は講釈がやや長すぎたようだ。（ただし、次回はもっと長いかもしれない）。

田才益夫

二〇〇八年二月

赤ちゃん盗難事件

カレル・チャペック短編集Ⅱ

2008年4月10日　第1刷印刷
2008年4月20日　第1刷発行

著者――カレル・チャペック
訳者――田才益夫

発行人――清水一人
発行所――青土社
東京都千代田区神田神保町1－29　市瀬ビル　〒101－0051
電話　03－3291－9831（編集）、03－3294－7829（営業）
振替　00190－7－192955

本文印刷――ディグ
表紙印刷――方英社
製本――小泉製本

装幀――松田行正＋相馬敬徳
装画――ヨゼフ・チャペック

ISBN978－4－7917－6400－6　Printed in Japan